奈落のエレベーター

木下半太

幻冬舎文庫

奈落のエレベーター

——今度からは階段を使おう。


たった一夜で、人生が転落してしまうことがある。地獄の入り口が突然目の前に現れ、人々を足元から飲み込んでしまうのだ。

大阪のある街。

高層マンションのエレベーターに閉じ込められた男女がいた。

男の名は三郎。

女の名はカオル。

オカマの名はマッキー。

まさに悪夢の時間だった。エレベーターを巡る惨劇をやっと乗り越えたと思ったのも束の間、外の世界では、さらなる悪夢が彼らを待っていた。
それは地獄よりもさらに深い、奈落の底へと落ちる恐怖の始まりだ――。

悪夢は、まだ、終わっていなかった。


三郎は、マンションの外に停めておいた車に戻ってくると、助手席に誰もいないのに気づいて、愕然《がくぜん》とした。

「カオルは？」後部座席のドアを勢いよく開けて、マッキーに訊ねる。

「忘れ物だって言ってたけど……」マッキーが、おずおずと答える。

「マンションに戻ったのか？」

マッキーが頷《うなず》くよりも早く、三郎は走りだした。

『妹は、精神科病院から脱走したんです』

カオルの姉、麻奈美から聞いた言葉が脳裏を過《よぎ》る。

――カオルがあのマンションに戻る理由は一つしかない。須藤陽子だ。

須藤陽子は、麻奈美の夫、小川順の愛人だ。カオルは「大好きなお姉ちゃん」を苦しめた小川順と陽子が許せなかった。マンションのエレベーターで、計画通りに小川を死に至らしめた今、今度は怒りの矛先《ほこさき》が、陽子に向かっていると考えて間違いない。

陽子と会って、どうする気だ？

三郎は、その先を想像するのが恐ろしくなり、激しく首を横に振った。

マンションに着き、エレベーターの階数表示を見た。「3」で止まっている。陽子の部屋は三階だ。三郎のこめかみが脈打つ。まずい。もう、カオルは陽子の部屋に着いているのか？

三郎は、エレベーターのボタンを連打した。鈍いモーター音が、さらに三郎の不安感を煽《あお》る。モーター音が止み、やっとエレベーターのドアが開いた。

乗り込もうとした三郎は、エレベーターの中を見て、身を凍らせた。

クマのぬいぐるみの首が、胴体から引きちぎられて床に転がっている。切り口には鋭い刃物の痕《あと》。間違いない。カオルがずっと手にしていたカッターナイフだ。

俺は、カオルを止めることができるのだろうか……。

三郎は、震える指先で、「3」のボタンを押した。

カオルは、３０５号室のドアの前に立っていた。右手にはカッターナイフを構えている。

さあ、あのクソ女をどこから切ってやろう。いきなり、喉笛を掻《か》っ切ってやろうか。それとも、眼球に刃を突き刺すのがいいかな。

カオルは、胸の高鳴りを抑えきれずにクスクスと笑いだし、インターホンを押した。

反応がない。

舌打ちをして、もう一度インターホンを押す。ドア越しに、人の気配がある。どうせ、ドアスコープでこっちをうかがってるんだろ。

相手から死角になるように、カッターナイフは背中の後ろに隠した。

まもなくドアが開いた。カッターナイフを持つ手に力が入る。

須藤陽子が、ドアチェーンをかけたまま、ドアの隙間《すきま》から顔を覗《のぞ》かせた。少し酒臭い。

「どちら様ですか？」

チェーン外せよ！　馬鹿！　これじゃ刺せないだろう！　カオルは心の中で、陽子を罵《ののし》る。このクソ女！

「姉のことで話があります」

「え？」陽子の顔色が変わった。「あなたは……」

「小川麻奈美の妹です」カオルは、今すぐにでも陽子の顔にカッターナイフを突き刺したい衝動を抑えて答えた。我慢しなくちゃ。致命傷を与えなきゃ意味ないし。

「何で、」

「姉が妊娠しているのはご存じですよね？」カオルは、陽子の言葉を遮《さえぎ》った。

とりあえず、ドアを開けさせなくては。

カオルは、陽子の罪悪感につけ込むことにした。「姉は、お義兄《にい》さんの浮気を知ったんです。本当なら、姉自身がここに来て、あなたと話をしたかったと思いますが……」

〝お義兄さん〟だって。吐《は》きそう。ま、いいか。あいつはもう死んだんだし。

「そうですか」陽子の顔が青ざめていく。さすがにもう、酔いも醒《さ》めただろう。

「とりあえず、ドアを開けてもらえますか」

「……はい」陽子は力なく頷き、いったんドアを閉めた。チェーンを外す音が聞こえる。

やっと殺せる。

カオルは、嬉しさに顔を歪《ゆが》ませて、カッターナイフの刃をチキチキと出した。


あの二人、何やってんのよ？

コインパーキングの車の中で、マッキーは一人ぼやいた。カオルも三郎もマンションに入ったきり、出てこない。

マンションの横に死体があること、わかってんの？　もう勝手に帰ってやろうかしら。アスファルトに転がっている小川は、自殺として処理されるように、ぬかりなくやったけど、とにかく、この場から早く離れた方がいいに決まっている。

マッキーは苛立《いらだ》ちを募らせ、もう一度、車の中からマンションを見上げた。

バックミラーに影が映った。え？　誰？

男だ。

一人の男が、車に向かって歩いてくる。街灯の灯が乏しく、顔をはっきりと確認できないが、間違いなく知り合いではない。パーキングの利用者だろうか？　どうしよう？　寝たフリでもしてやり過ごす？

後部座席にもたれて目を閉じた。お願い。通り過ぎて。

足音が近づいてくる。思わず息を殺す。

足音が止まった。

コンコン。

ウィンドウのガラスをノックする音に、心臓が破裂しそうになる。寝たフリのまま無視したが、ノックはさらに強く続いた。

コンコンコンコン。

ダメだ。起きるしかない。マッキーは、さも、今、目が覚めましたよ、といわんばかりに寝ぼけた顔で男を見た。思わず悲鳴を上げそうになったが、すんでのところで、どうにか堪えた。恐ろしく長身の痩《や》せこけた男が、後部座席のマッキーを覗き込んでいたのだ。男は、深く窪《くぼ》んだ眼窩《がんか》のせいで陰になって、白目が見えなかった。

長身の男が、窓を開けろとジェスチャーをする。

「何ですか？」マッキーは、固まってはりついた笑顔のまま、ウィンドウを下げた。

「人が倒れてんだよね。ほら、あそこ」長身の男が、マンションの方向を指さす。

男の指の先にはもちろん、小川がいた。


三階に着いた。三郎は、エレベーターを降り、３０５号室まで全力で走る。今夜何回目のダッシュだろう。カオルの姿は見えない。もしかして、すでに陽子の部屋にいるのか？

『生きてたら、いいことがあるかな？』

三郎は、陽子の言葉を思い出した。非常階段の踊り場で彼女の自殺を止めた時、本当にホッとした。彼女の自殺を止めたことには、その事実以上の意味が、何かあるような気がしていた。そして、陽子が、まだカオルに襲われていないことを祈った。

他人《ひと》の女のために、一晩中駆けずり回っている自分に嫌気がさす。三郎は、今夜の出来事に関わってしまった自分の運命を呪《のろ》った。

305号室のドアの前。激しく乱れる息も整えないまま、インターホンを押した。

短い沈黙。

三郎は、ドアにぴったりと耳をつけて、部屋の中の様子をうかがった。争う声や物音は聞こえない。わずかだが、人の話し声が聞こえたような気がした。その声はぼそぼそと低く小さく、何を言っているのか全くわからない。陽子の部屋の中から聞こえたかどうかも怪しかった。

三郎は、インターホンを連打した。頼む！　無事でいてくれ！

ドアは唐突に開いた。

「何ですか？」

半開きのドアの隙間から、須藤陽子が、迷惑そうに三郎を見た。ドアチェーンはかかったままだ。

三郎は、部屋の中を覗こうとしたが、ドアの隙間は狭く、カオルが潜んでいるかどうかまでは確認できない。

「何の用ですか？」陽子が冷たく言い放つ。

カオルは来てないのか？　そんなはずはない。カオルがこのマンションに戻る理由は一つしかないのだ。

「誰か来なかったか？」

「は？　誰かって？」

「黒い服を着た、若い女だ」

「来てませんけど……」

俺の思い違いか？　じゃあ、カオルは一体どこに？

「もういいですか？　私、寝たいんで」陽子が、ドアを閉めようとする。三郎が引き止める理由は、何もなかった。

「そうか。じゃあ、夜も遅いし、とにかく気をつけて」

陽子は頷き、ドアを閉めた。

三郎は、ドアの閉まる瞬間の、陽子の口元を見逃さなかった。

たすけて。

間違いない、カオルは部屋の中にいる。


また邪魔しやがって！

カオルは、ドアの陰で、カッターナイフを陽子の首に当てながら苛ついていた。あと一歩で殺せたのに、三郎のインターホンに邪魔されたのだ。

「誰か来なかったか？」ドア越しに、三郎の声が聞こえる。

カオルは、陽子の首に、カッターナイフの刃をピタリと押しつけた。

「は？　誰かって？」

「黒い服を着た、若い女だ」

「来てませんけど……」

そう。その調子。早く追い払ってよ。

「もういいですか？　私、寝たいんで」

「そうか。じゃあ、夜も遅いし、とにかく気をつけて」

陽子がドアを閉めた。鍵をかけさせる。さあ、これで邪魔は入らない。カオルは、陽子の顔の前にカッターナイフをかざし、部屋の奥へと連れていく。

「あ、あなた。だ、誰？」陽子が、唇を震わせながら言った。

「さっき言ったでしょ」

「……え？」

「小川麻奈美の妹よ」

カオルはそう言うのと同時に、陽子の顔をカッターナイフで切りつけた。陽子の左《ひだり》頬《ほお》に赤い線が走る。間もなく赤いものがぽたぽたと落ち、みるみるうちに、フローリングの床に血だまりができた。陽子は、小さな悲鳴を上げてしゃがみこんだ。

気持ちいい。カオルの胸に、えも言われぬ快感が押し寄せる。恐怖に全身をブルブル震わせる陽子を見下ろし、カオルは、ほくそ笑んだ。

「殺されたくなかったら、声出すなよ」

もちろん嘘《うそ》だ。声を出しても出さなくても、絶対に殺してやる。

カオルは玄関に戻り、ドアスコープで表を覗いた。三郎はいない。どうやらあの様子だと、真相に気づいたのかもしれない。

……じゃあ、あの男も殺すか。

カオルはキッチンに行き、引き出しを漁《あさ》った。うん。こっちの方がいい。

カオルは、出刃包丁を握り、カッターナイフを床に捨てた。

「もしかして、あの人、死んでる？」長身の男が、アスファルトの小川をじっと見ている。「さっきから全然動かないんだけど」

もう！　どうすんのよ！

マッキーは、一向に戻ってこない三郎とカオルを恨んだ。

「え？　どこですか？」マッキーは、車の窓から顔を出した。とにかく、話を合わすしかない。「本当だ～」

なんて間抜けなリアクション！

「酔っぱらいじゃないですか？」

「警察に電話した方がいいですかね」長身の男が提案する。

警察は困るのよ！　ほんと、何やってんのよ！　あの二人は！

「警察と言うより……救急車じゃ」

「いや、警察でしょ」

長身の男が、ニヤリと笑った。

何、こいつ？

マッキーは、ようやく男の様子がおかしいことに気づいた。普通、人が倒れていたら、安否を確かめるためにすぐに駆け寄るだろう。しかし、この男はまず、マッキーの車に来た……。

「僕が警察に電話しましょうか？　男の人がマンションの最上階から落とされましたよって」

マッキーの全身から、冷たい汗が吹き出した。

「落としただろ？」

「見たんだよ。あんたと、さっきマンションに入っていった奴が、あの男を落とす瞬間を」

「は？」

「とぼけんなよ」

「な、何の話ですか？」

目の前にある、長身の男の顔がグニャリと歪んだ。吐き気がする。嘘でしょ……。

何か重い物で、頭を殴られたようだ。

長身の男は、マッキーの顔を見て、ニヤけたままだ。

「俺、めちゃくちゃ目がいいんだよ。最初は自殺かと思ったけど、あんたたちが、脚を持ち上げて落とした姿が見えたから、マジでびっくりしたって」

男は、明らかに、この状況を楽しんでいる。よく見ると、はじめの印象よりも若い。それに、白いタンクトップから枝のように生えた腕には、牙《きば》を剝《む》き出した蛇の刺青《いれずみ》が彫ってある。

「あんたたち、もしかして、殺し屋？」

「違うわよ」

「わよ？　オカマかよ！」

「うるさいわね」

「まあ、オカマでも何でもいいけどな。口止め料さえ払ってくれれば」

最悪だ。

マッキーは、携帯電話を出し、三郎の番号を押した。


このドアの向こうに、間違いなくカオルがいる！

三郎は、３０５号室のインターホンを押そうとしたが、その手を咄嗟《とっさ》に止めた。

逆上されたらどうする？　鍵も開けてもらえないのにどうやって陽子を助ける？

でも考えてる時間はない。ヤバいって！　急げって！　警察を呼ぶか……。そんなことしたら俺まで捕まるだろ！　警察なんか呼んで、どうやって説明するんだ……。

ジリジリと迫る焦《あせ》りに、みぞおちが痛くなる。考えている時間はない。三郎は、隣の３０６号室のインターホンを押した。

誰も出てこない。もう一度押す。ダメだ。寝ているか、留守だ。だいたい、今何時だ？　もうあと2、3時間もすれば夜が明ける。普通の人なら寝ている時間だ。

三郎は次に、反対側の隣、３０４号室のインターホンを押した。頼む！　出てくれ！

「おかえりー！　ダーリン！」

妙にテンションが高い声と共に、エプロン姿の若い女がドアを開けた。ダーリンなんて呼ぶからには若妻か。エプロンの下に、ハローキティのパジャマを着ている。日焼けサロンでこんがりと焼いた肌に、ちりちりのパーマ。若妻は、完全に十代に見えた。『高校聖夫婦』かよ！　ダーリンはこんな時間まで働いているのか。

「今日はキムチ鍋よ〜」と言って出てきた若妻は、三郎を見るなり、顔を強張《こわば》らせた。愛する夫と間違えたのだろう。普通、こんな夜中に、他の男が立っているとは夢にも思わない。無警戒でドアを開けるのも当然だ。

これが、三郎にとってはラッキーだった。

「警察です！」

三郎は、若妻が口を開く前に、言い放った。

「隣の部屋で、事件が発生しています！　ベランダ借りますね！」

「え？　え？」

「お邪魔します！」

三郎は、戸惑《とまど》っている若妻を押し退《の》け、土足のまま部屋に上がり込んだ。ずいずいとベランダを目指す三郎の足元に、太った三毛猫がじゃれつく。猫まで俺のことを愛する夫と勘違いしている。

三郎は、猫を足で払い退け、ベランダの網戸を開けた。


カオルが捨てたカッターナイフが、冷蔵庫の角に当たって跳ね返った。フローリングの床を転がり、うずくまる陽子の足元まで滑っていった。

「拾ってもいいよ」

カオルの言葉に、陽子が顔を上げる。

「早く拾えって」

もはや陽子に抵抗する気力は残っていなかった。必死で逃げようとするが、腰から下に力が入らず、四つん這《ば》いのまま、手足をジタバタさせるばかりだ。

何やってんの！　こいつ！　ダッサい！

カオルは愉快で仕方がなかった。

「せっかくチャンスをあげたのになあ」カオルは、床のカッターナイフを陽子に向かって蹴り上げた。大きく外れたが、陽子が身を屈《かが》めて悲鳴を上げたので、気分がよかった。

陽子は、パニックのあまり泣くこともできず、頭を抱えて震えている。

もっといたぶってやりたかったが、そろそろいいだろう。叫び声を出されたらやっかいだ。

カオルは出刃包丁を大きく振り上げた。

と、その時、聞き覚えのある携帯電話の着信音に、カオルは動きを止めた。

三郎のケータイだ！

どうやって部屋に？　隠れてる？　いやちがう、ベランダだ！

レースのカーテン越しに、影が動いているのが見えた。隣の部屋から、ベランダ伝いに渡ってきたのだ。

カオルは慎重にベランダの窓に近づき、外を確認した。三郎が隣のベランダとこちらを隔てる柵にしがみつき、両足をベランダの手すりの上に乗せた不安定な格好で、背広の内ポケットに手をつっこみ、携帯電話を慌ててまさぐっている。

カオルは笑いを堪えた。相変わらず、詰めの甘い男だ。

陽子は後回しだ。三郎を突き落としてから、ゆっくりと殺すとしよう。


早く！　電話に出てよ！　サブちゃん！

マッキーは後部座席で、自分の携帯を折りたくなった。大ピンチなんだってば！

長身の男は、もう、ニヤけてはいなかった。嫌な予感がする。

「出ないんだけど。……ちょっと待っててくれる？」

そう言ったとたん、長身の男の腕が後部座席まで伸びてきた。マッキーは、胸ぐらを摑《つか》まれて、ものすごい力で車の外に引っ張り出された。体が引きずり出されるときに、膝《ひざ》が思いきり窓枠にぶつかった。

痛いって！

「言ってくれれば、普通に出るわよ！　こんなところからにゅるにゅる引っ張り出さなくたって！」

毒づくマッキーに、長身の男が顔を近づける。「なめてんのか、こら。ポリを呼ぶぞ！」男の手に力が入り、マッキーの首がグイグイと絞め上げられる。

ポリが来る前に窒息しそうなんですけど……。

「わ……わかったから、手……離して……」マッキーは、断末魔のニワトリのような声で命乞いをした。

男が手を離すと、マッキーは嗚咽《おえつ》と共に、駐車場のアスファルトに涎《よだれ》を垂らした。

「いくら払えるんだよ。はした金じゃ許さねえぞ」

「私一人じゃ決められないのよ」

長身の男は、マンションを見上げる。「あいつらはいつ戻ってくるんだ？」

「こっちが訊《き》きたいわよ」

男が舌打ちをする。「免許証を見せろ」

「……持ってないわよ」

「嘘つけ！」

本当だった。高校を卒業してすぐに水商売の道に入ったので、教習所に通う暇がなかったのだ。昔、友達の車に乗って遊んでたから、実は運転は得意なんだけど。

「保険証ならあるんだけど……」

「見せろ」

マッキーは財布の中から、《国民健康保険被保険者証》を取り出した。

「牧原静夫……」長身の男が、マッキーの本名を読み上げる。

「返してよね」

男は携帯のカメラで、マッキーの保険証に記載されている住所を写すと、「ほらよ」と乱暴に保険証を投げ返した。

これで、もう逃げられない。

その時、「何やってるんだ？　こんな時間に」と、遠くから声が聞こえた。二台の自転車が駐車場に入ってくる。二人とも制服の警察官だ。

これって助かったの？　さらにピンチなの？　どっち？

マッキーは泣きたくなった。

大丈夫。落ちても死なない。

三郎はベランダの手すりに足をかけながら、なるべく下を見ないようにした。三階とは言え、下はコンクリートだ。もし落ちたら、大ケガは間違いないが、まあ死ぬことはない、だろう、おそらく、たぶん。

汗ばむ手で柵を掴み、３０５号室のベランダへ渡ろうとした瞬間、携帯電話が鳴った。

しまった！　三郎は、電源を切っておかなかった自分の浅はかさを悔やんだ。着信音が夜の空に響く。カオルに気づかれたらまずい。

三郎は背広の内ポケットに右手を突っ込んだ。自分が手すりの上にいることを忘れて。

バランスを崩した三郎は、必死で柵にしがみついた。両手で柵を持っているので、携帯電話を切ることができない。最上階から落ちていった小川の死体が頭を過る。

誰やねん、こんな時間に！

とりあえず、手すりから降りよう。何をするにも足元がしっかりしてないと。と、その時。

熱っ。

突然、三郎の右腕に熱が走った。

いつの間にか、カオルがベランダに立っていた。手に何か光る物を持って。明らかにそれはカッターナイフよりでかい。熱はすぐに激痛へと変わった。

俺……刺された？

カオルがまた、光る物を振り回して襲ってきた。

出刃包丁やんけ！

カオルは、三郎の右の脇腹を目掛けて出刃包丁を突いてきた。

危ねえ！　三郎は体を捻《ひね》って刃先を紙一重でかわしたが、その勢いで思いっきり足を滑らしてベランダの外へ転落した。

落ちる！

ガクンという衝撃と共に、気づくと三郎の体は宙に浮いていた。スーツの襟首《えりくび》のところが柵に引っ掛かったのだ。首根っこをつままれた野良猫みたいにぶらさがって心もとない。何とかして手すりを摑もうとするが、体の三分の二以上がベランダの外に投げ出されている状態なので、うまく体をコントロールできない。もがけばもがくほど足をブラブラさせるだけで、足元の何もない空間に吸い込まれそうになる。ミシッミシッと柵が悲鳴を上げた。

ダイエットしとけばよかった。三郎は自分の体重を悔やんだ。

「邪魔ばっかりしやがって」

頭上からカオルの声が聞こえた。

「やめろ！　カオル！　須藤陽子は殺すな！　もう十分だろ！」

「人のことより自分の心配したら？」

全くもってその通りだ。

「ねえ、どっちがいい？　刺されるか？　ここから落ちるか？」カオルの声が嬉しそうに言った。

「ねえ、どっちがいい？　刺されるか？　ここから落ちるか？」

カオルは、ベランダの柵に宙づりになっている三郎に言った。

三郎は足をばたつかせて、手すりをよじ登ろうとするが、バランスが取れずに今にも地面に落ちそうだ。さっき突き刺した三郎の右腕から血が滲《にじ》んでいる。首を狙ったのだが、外された。

三郎が体を反転させて両手で手すりを摑んだ。引っ掛かっていたスーツがビリビリと裂ける。右腕の激痛に顔を歪め、手すりにぶらさがるのが精一杯だ。

この調子じゃ、何もしなくても、勝手に落ちてくれるわ。

カオルは、三郎の返事を待たずに刺し殺すことにした。三郎の首の動脈を狙って、包丁を振り下ろす。

サクッ。

三郎の右肩に深く突き刺さった。三郎が、呻《うめ》く。

「動くなよな！　また外しただろ！」もう面倒臭い。カオルは、出刃包丁をしっかりと両手で握り直した。狙うは頭だ。脳天に突き刺してやる。

サクッ。

刺されたのは、カオルだった。

振り返ると、陽子がカッターナイフを手に立っていた。カオルが自分の首の後ろを触ると、ぬるりとした感触で手の平が赤く染まった。「あんた、何やってんのよ」カオルが冷たい口調で陽子に言った。

「け、警察呼んだからね」陽子が怯《おび》えた声で返した。

「警察が来る前にあんたは死んでるけどね」

カオルは出刃包丁を陽子へと向けた。

だが、陽子の動きの方が俊敏だった。部屋に入ってベランダの窓を閉めたのだ。意表をつかれたカオルは一瞬身動きが取れず、陽子の動きを見ているだけだった。

陽子が、鍵を閉める。

やられた！

陽子は、部屋を出ていこうと玄関へ走る。

逃がすか！　カオルは包丁の柄で、ガラス窓を叩き割ろうとしたが、ヒビが入るばかりでなかなか割れない。

「諦《あきら》めろ！　カオル！」三郎が叫んだ。

「黙れ！」カオルは、今度こそ三郎を刺そうとした。

が、無理だった。三郎は、もうベランダの手すりにいなかったのだ。

落ちた奴のことはもうどうでもいい。

カオルは、ベランダの隅に置いてあるサボテンの植木鉢を拾い上げ、ガラス窓に投げつけた。


警察官の懐中電灯が、マッキーの顔面を照らす。マッキーは眩《まぶ》しさに目を細めた。

「何をしてたんだ？」年配の警察官がマッキーに訊ねる。

「別に何もしてませんよ。話をしてただけですよ」長身の男が代わりに答えた。

警察官は、長身の男を無視してマッキーが答えるのを待った。おそらく、長身の男がマッキーの胸ぐらを摑んでいたのを目撃したのだろう。

何て言えばいいのよ！

長身の男に話を合わせなければ、すべてをばらされる。警察官たちは気づいていないが、三十メートルほど先に小川の死体が転がっているのだ。

「ちょっとモメてまして……」マッキーの返答に、長身の男がギロリと睨《にら》みつける。ここはとにかく、嘘をつくしかない。「この人にお金を借りているんです。期限を過ぎてもボクが返さないから……」

「こっちも、ちょっとカッとなっちゃって」マッキーの嘘に長身の男も合わせてきた。

年配の警察官は、まだ疑いの目で見ている。

「知り合いか？」

「友達です」反吐《へど》が出そうなのを我慢してマッキーは言った。

「酔ってはないいな」

マッキーの答えに、警察官たちが緊張を解くのがわかった。

「はい」

「時間も時間だから、今日のところは帰りなさい」

「…………」

帰りたくても帰れないんですけど。サブちゃんとカオルが戻ってこないと……今、戻ってきたらどうしょう！

「この車は？」年配の警察官が、三郎の車を指す。

「僕のです」図々しくも、長身の男が言った。

「早く帰りなさい」もう一人の若い警察官が偉そうに言った。

「帰ろうぜ」長身の男が、堂々と車のドアを開けて運転席に座る。

警察官たちが、マッキーを見る。

ここで車に乗らなければ怪しまれる。マッキーは、仕方なく助手席に座った。

「何、ちゃっかり自分の車にしてるのよ」マッキーが、小声で長身の男に言う。

「免許ないんだろ？」長身の男が、窮屈そうにシートベルトを締めながら言い返す。

警察官たちが見守る中、車はゆっくりと発車した。

長身の男は、駐車場出口に車を停めて、ドリンクホルダーに置いてあった駐車券を精算機に入れると、「千五百円だって」と言って、手の平を差し出した。

私、どこに連れていかれるわけ？

落ちても死ななかった。

死ななかったが、三郎はマンションの下で、うずくまったまま立つことができなかった。

痛すぎる。刺された右腕も半端なく痛かったが、両足がとんでもないことになっている。折れたか？

カオルの「黙れ！」という言葉を聞いて、思わず三階から飛んでしまった。あのまだったら刺されていただろう。

右足はなんとか動く。が、左足はどうだ？

着地の瞬間、左足を大きく捻っていた。三郎は、あまりの激痛に顔を歪める。

「おーい！　君！　大丈夫かー！」

マンション向かいにあるコインパーキングの方向から声が聞こえる。続いて、通りを渡って走ってくる足音。

ヤバい。今の三郎の出血を見れば、救急車を呼ばれることは間違いない。いや、警察までも呼ばれてしまう。三郎は、アスファルトに倒れたまま、顔を上げた。

走ってきたのは、二人の警察官だった。

なんでやねん！

三郎は、一瞬痛みを忘れてしまうほど驚いた。なぜ、このタイミングで警察官が駆けつけてきたのか見当もつかない。

今の状態を、どう説明する？……無理だ。もう捕まってもいい。ここは腹をくくれ。

そうだ、これでよかったのかもしれない。カオルの凶行をこれで止められる。

三郎は、ごろりと仰向けになり夜空を見上げた。ぱらぱらと、雨粒が三郎の顔に落ちてくる。雨が降っていることに、今気がついた。

やっと、終わった。三郎は、目を閉じて今夜の悪夢を振り返った。

「大変だ！　死んでますよ！」

え？　まだ生きてますけど……。

警察官たちが、小川の死体の元に駆け寄っていく姿が見えた。三郎には全く気づかずに、通り過ぎていったのだ。

小川の死体は非常階段から落としたので、ちょうどマンションの角に横たわってい
る。三郎が転がっている場所からは十メートルも離れていない。

「自殺か?」「自殺みたいですね」警察官たちは、興奮して三郎の方を見ようともし
ない。

三郎は、痛みを堪えて立ち上がった。どうやら、足の骨は折れていないようだ。早
く説明して、カオルを捕まえてもらわなければ。

「お巡りさん!」三郎は声を振り絞った。

警察官たちは、三郎の声に振り返り仰天した。血まみれの男が足を引きずって歩い
てくるのだ。

「お巡りさん! 刃物を持った女が……」

「手を上げろ!!」

二つの銃口が、三郎に向けられた。

嘘だろ!?

サボテンの植木鉢を投げつけ、足で蹴りつけ、カオルはようやくベランダの窓を割った。

陽子は、とうに玄関から逃げ出したあとだった。

カオルは、出刃包丁を片手に３０５号室を飛び出した。陽子はどこに行った？　エレベーターを見る。階数表示が、三階から二階に移動していく。非常階段の方が早い！　カオルは、エレベーターの反対方向に走りだした。非常階段を、三段飛びで駆け降りる。

あの女だけは許さねえ。どこまでも追いかけて、体中をメッタ刺しにしてやる。

今夜、カオルの中の何かがキレた。

自分だけは警察に捕まらないように、巧妙な罠《わな》で、三郎に小川を殺させ、三郎とマツキーの二人に死体を処理させた。すべて計算通りだった。

もう、どうでもいい。どうなってもいい。頭が、酷《ひど》く痛い。脳味噌《のうみそ》をフォークでかき回されているみたいだ。あの女を殺さなければ、この痛みは消えないだろう。

ぶっ殺すぶっ殺すぶっ殺すぶっ殺すぶっ殺すぶっ殺すぶっ殺すぶっ殺すぶっ殺す。

だが、非常階段を降りきったカオルの前に、障害物が立ちはだかった。

警察官だ。

二人もいる。

二人ともカオルに背中を向けている。ラッキー。こっちには気づいてない。

ふと視線を下げると、二人の足元に、小川の死体が転がっているのが見えた。

警察官たちは、腰を落とし、緊張した面持《おもも》ちで拳銃を構えている。何で拳銃なんか構えてるんだ？　そう思って銃口の先に目をやると、なぜか血まみれの三郎が、怯えた顔で両手を上げて立っていた。

と、その時、タイミングを合わせたかのように、マンションの玄関口から、陽子が裸足《はだし》で出てきた。そしてすぐに警察官に気づくと、助けを求めて声を上げた。

陽子の場所からは、二人の警察官の陰になって、カオルのことは見えていないだろう。カオルはそのまま身動きをせずじっとしていた。

足をふらつかせながら近づいてくる陽子を、三郎と警察官たちは呆気《あっけ》にとられて見ている。よし、今だ！

カオルは、そっと警察官たちの背後に忍び寄り、年配の警官の背中に出刃包丁を突き立てた。

駐車場から出た車は、マンションからどんどん離れていく。

「ちょっと！　どこまで行くのよ！」マッキーが、運転席の長身の男に怒《ど》鳴《な》りつけた。

「俺、神崎っていうんだ。よろしく」

「何、自己紹介してんのよ！　車止めなさいよ！」

「まあ、そう吠《ほ》えんなって」

「これって、誘拐になるんじゃないの？」

「人殺しがよく言うぜ」

「あのね、言っとくけど、向こうが勝手に死んだの！」

「は？」

「すでに死んでいる人間を落としたのよ」

「……死体を？」

「そうよ」

「何でまた、そんなことをしたんだ？」

マッキーは、返事に詰まる。この、神崎と名乗る男に、どこまで説明すべきか……。どうせ、その名前も偽名だろう。

「話せば長くなるのよ」

「話してくれよ。夜は長いんだから」神崎はハンドルを握りながら、いたずらっぽく笑った。

車は住宅街を抜け、国道を走っている。話さなければ、どこまでも連れていかれそうだ。

「あの男をね、エレベーターで拉致《らち》したのよ」

「拉致？　そりゃまた物騒な。お宅ら、何者よ？」

「探偵みたいなものよ。まぁ、私は単なるお手伝いなんだけどね」

「なんで殺したわけ？」

「だから、勝手に死んだんだってば！　エレベーターの中で！」

「事故か？」

「……そうよ。眠らすために薬品を使ったんだけど、それが効きすぎちゃったみたい」

「あれはどれだけ使っても、死ぬような薬じゃないぜ」

「え？」

この男、何で薬のことを知ってるの？

「あんたこそ、何者よ？」

「あの薬を、安井三郎に渡した者だよ。あいつから聞いてないか？」

「もしかして……《業者》？」

「ピンポーン」

神崎は、アクセルを踏み込み、車のスピードを上げた。適当に走っているのではなく、明らかにどこかの目的地に向かって運転している。

包丁の方がまだマシやんけ！

三郎は、二人の警察官に銃を向けられて、バネ仕掛けの人形のように手を上げた。もちろん、拳銃で狙われるのは、生まれて初めての経験だ。警察官たちの指が、あと数センチ動くだけで撃たれるんだという事実に、歯がガチガチと鳴るのを止められない。警察官たちの足元には小川の死体が転がっている。これをどう説明しよう？　手短に、的確に、撃たれないように説明しなくてはならない。神様、どうか助けてくれ。助けて……。

「助けて！」

陽子の声だ！　彼女は自力で逃げ出してこられたのだ。よかった。何より、今、俺の身が助かった。説明は陽子にしてもらえばいい。足を引きずった血まみれのおっさんよりも、か弱き女性の言うことに、警察官たちも耳を傾けるってもんだろう。

ふとその時、年配の警察官の背中越しに、何かが光った。そして、鈍い音と共に年配の警察官の顔が苦痛に歪み、前のめりにどさりと倒れる。

そこには、カオルが、いた。

隣の若い警察官は、ぽかんと口を開けたまま、倒れた先輩を見ている。先輩警官の首の下、ちょうど防弾チョッキのない部分に赤い染みができていた。

間を置かず、カオルが、若い警察官の脇腹に出刃包丁を滑り込ませる。ビクンと体を波打たせて、若い警察官が傷口を押さえながら、ふらふらと歩きだす。自分が刺されたことがまだ信じられないのだろう。

「ひゅう」

空気が漏れたような声を出して、若い警察官も倒れ込んだ。乾いた音を立てて、アスファルトに拳銃が転がった。拳銃は、不規則にバウンドして、カオルと三郎の間を跳ねている。

カオルと目が合った。

先に動いたのは、三郎の方だった。

拾うんだ！

懸命に左手を伸ばしたが、足が全く言うことを聞かない。無情にも、拳銃はカオルの方へとバウンドする。三郎は、最後の力を振り絞り、大きく前に飛んだ。

届け！

指先が、逃げようとする拳銃をなんとか捕まえた。三郎は、拳銃を握りしめて、地面に寝たままカオルに狙いをつけた。

拳銃を、三郎に先に拾われてしまった。

「カオル……もう、終わりにしよう」三郎は銃口をカオルに向けている。

カオルは、マンション入り口に立っている陽子を見た。陽子は足がすくんで動けないでいる。

カオルの視線に気がついた三郎が、拳銃を握り直す。

「動くなよ！　撃つぞ！」

こいつに撃てるわけがないわ。カオルは躊躇《ちゅうちょ》なく、助走をつけて力一杯に出刃包丁を三郎に投げつけた。

「おい！」三郎は、回転しながら自分目掛けて襲ってくる出刃包丁から体を逸《そ》らせる。出刃包丁が三郎の額をかすめ、銃口がカオルから外れた。

今がチャンスだ。カオルが、助走の勢いのまま、三郎に飛び掛かった。

破裂音。カオルの耳元で銃声が鳴った。左耳が全く聞こえなくなった。鼓膜が破れたのかもしれない。三郎が、やみくもに発砲したのだ。

「キャアア！」陽子が、金切り声を上げた。

カオルが、銃を握っている三郎の右手首に嚙《か》みつく。

「ぐあっ」三郎は呻くが、拳銃を離そうとしない。

カオルは片手で銃を押さえ、もう一方の手で三郎の右肩の傷口に手を突っ込んだ。

悲痛な叫び声を上げる三郎から、拳銃を奪い獲《と》る。

「誰か！　助けて！」陽子が、マンションに向かって叫んだ。

うるさいんだよ、このクソ女！　カオルは、陽子に向けて、引き金を引いた。陽子がしゃがみこむ。

一発。

二発。

三発。

どうして当たらないんだよ！

陽子は、パニック状態で絶叫している。

三郎の左拳が、カオルのこめかみを殴りつけた。カオルは大きく横に吹っ飛んだが、それでもカオルは、拳銃を離さなかった。

三郎との距離はわずかだ。先に殺すのは、こいつだ。

その時、サイレンの音が急に近づいてきて、カオルは引き金を引く指を止めた。

すぐ先の交差点を、パトカーが猛スピードで曲がってきた。

……なぜ《業者》の人間が？

偶然にしてはできすぎている。

「ずっと、あんたらのこと尾行してたんだよ」神崎が、マッキーの思考を見透かしたように言った。

「何でよ？」

「好奇心ってやつだ」

「本当のこと言いなさいよ！」

神崎が、挑発するように笑う。

「何笑ってんのよ！」

「いやいや、まさかこんな展開になるとは思ってもみなかったからさ」

「こっちのセリフよ」

「俺たちも不景気ってやつでね」

「だから何よ」

「自分たちで、儲《もう》け話を探してこなくちゃいけない」

「あんたたち……ヤクザじゃないの？」

「《業者》は《業者》だよ。裏の便利屋みたいなもんだ。どっちかと言うと、ヤクザは一番のお得意さんだ」

「……その便利屋さんが何の用よ？」

「安井三郎がうちから危ない薬を買った。あの薬の使い道は限られている。金の匂《にお》いがプンプンしたわけよ」

「自分たちで売っといて、後で脅すわけ？」

「ピンポーン」

「最低」

「そう。それが俺たちの仕事だ」

「先に言っとくけど、私、お金持ってないわよ」それは本当だった。バーを出店する時に借金をしたのだ。

「あとの二人は？」

三郎は、マッキー以上に借金まみれ。カオルはよく知らないが、あの若さだし、金を持ってるはずがない。親が金持ちだとかも聞いたことないし。

「期待できないんじゃない？」

神崎は、前を見たまま、急に無言になった。しばらく、運転して口を開いた。「それじゃあ、しょうがないな」

「諦めてくれるわけ？」

「体で払ってもらうよ」

え？　体？

……私、オカマなんですけど。もっと詳しく言うと、オカマでネコだから、捧げろというなら捧げるわ。もちろん、イケメンに限るけどね。

「で、どういう意味かしら」

「腎臓とか目玉とか、一つくらいなくなってもいいだろう」

神崎は、もう笑っていなかった。

三台のパトカーが、三郎とカオルを囲んだ。

今度こそ助かった。三郎は、ヘナヘナと地面に膝をついた。

パトカーから、拳銃を構えた警察官たちが蜘蛛《くも》の子を散らすように飛び出してくる。

住民たちがベランダから顔を出しているのに気がつく。その中の誰かが通報してくれたのだろう。命の恩人だ。

「……ジュンジュン？」

その声で、三郎が振り返ると、陽子が目を見開き、愕然としている。

小川の死体を見つけたのだ。

小川は足を異様な角度に曲げて、血だまりの中にうつ伏せで倒れている。誰が見ても、間違いなく死んでいる。

「……嘘、……嘘」

陽子は大粒の涙を流し、口を押さえた。

カオルの恐怖の次は、理不尽な恋人の死体。混乱して当然だ。

警察官たちが、へっぴり腰で銃を構えながら、じりじりと距離を縮めてくる。

血だらけの三郎。

銃を握っているカオル。

裸足で泣いている陽子。

二人の警察官の死体。

警官たちも、一体どこに銃の照準を合わせていいか、わからないようだ。

三郎は、自分が撃たれないように両手を上げた。

突然、陽子が、小川の死体の元へ走りだした。

「動くな！」「止まれ！」警察官たちが声を荒らげたが、陽子は立ち止まることなく、三郎の横を走り抜ける。が、三郎は動くことができなかった。

陽子を止めたのはカオルだった。後ろから陽子の首を掴み、こめかみに銃を突きつけた。

あっと言う間の出来事だった。

「お前らこそ動くんじゃねえよ！」カオルが、包囲している警察官たちに向かって叫んだ。

陽子を人質に取られてしまった。

今、ここでこの女の頭を撃ち抜いて、自分も死のうか。カオルは、陽子のこめかみに銃を押しつけながら思った。

陽子は、「何で……何で死んじゃったの……」と呟《つぶや》くばかりで、恋人の死体を目撃したショックなのか、全く抵抗しようとしない。

「カオル！　カオル！」三郎が、興奮して叫んでいる。「やめろって！　もう逃げられないだろ！」

逃げる？　何で、私が逃げなくちゃいけないわけよ？

「その人を放しなさい！」「やめなさい！」「銃を捨てなさい！」警察官たちもパニックになっている。

ギャアギャア、ギャアギャア、うるせえよ。

カオルは、おもむろに警察官たちに向けて発砲した。いきなり発砲され、警察官たちは慌ててパトカーの陰に身を隠す。連射しようとしたが、弾が切れた。

「動くな！」弾切れに気づいた警察官の一人が、飛び出してきた。

カオルは、さっき首の後ろを刺した年配の警察官の手から、拳銃を拾い上げる。

飛び出した警察官は、カオルに近づいたはいいが、陽子が邪魔になって撃てない。

バーカ。

カオルの三発目が、警察官の右腿《みぎもも》を撃ち抜く。パトカーにも、一発。フロントガラスに銃痕が走る。警察官たちは、同時に首を引っ込めた。

どうしようかな。確か全部で五発入ってるはずだから、残された弾は、あと一発だ。

あ、いいこと思いついた。

カオルは、陽子を盾《たて》にしたまま、マンションの入り口へ向かってゆっくりと歩いた。

その場にいる全員が、お手上げだ。人質を取られ、何もできずにいた。

カオルは陽子を連れて、あのエレベーターに乗り込んだ。

ドアを閉めれば、外からは手出しができない。籠城《ろうじょう》には、もってこいの場所だ。


腎臓？

目玉？

冗談じゃないわよ！

「車を止めてよ」

そう言いたかったが、咽《のど》がザラついて声が出ない。

「俺たちみたいな仕事にとって、何が一番重要かわかるか？」神崎は、マッキーを無視して話し始めた。

「《断らない》ことだ。どんな仕事も断っちゃいけない。依頼人の望みは、どんな手段を使っても絶対に叶《かな》えることだ」

静かに、ゆっくりと、神崎は、まるで自分に言い聞かせるように話を続ける。

「断らないから金が貰える。言い方を変えれば、依頼の内容を聞いてからじゃ、断ることができないんだ。頭の狂った奴らの犯罪に手を貸すからこそ、そこに信頼関係が生まれる。だから俺たちは、盗めと言われれば盗むし、殺せと言われれば殺す」

陶酔した神崎の目に、嘘は見えなかった。

「金さえ貰えればな」

気がつくと、車は橋を越えて川沿いの工場地帯を走っていた。全く人影がない。

「ここ、どこよ？」

神崎は、何も答えない。もう、マッキーと会話をする気もないようだ。

さっきから足の震えが止まらない。車を飛び降りようかとも思ったが、やめた。怪我をすれば、逃げることさえできなくなる。

「降りろ」

神崎が、古ぼけた倉庫の前で車を止めた。少し先の砂利道に、場違いなＢＭＷが停まっている。

マッキーは、とんでもない危機が、目の前に迫っていることを肌で感じた。

「もう一度だけ言う」神崎が低い声で言った。「降りろ」

動かないことが、唯一のささやかな抵抗だった。車を降りた先の未来は、恐ろしくて想像できない。

サブちゃん、助けて。

「仕方ねえな」神崎が、運転席で腰を浮かせ、ズボンのポケットから瓶《びん》と布を出した。見覚えのある瓶だ。神崎は、瓶の中の液体を布に染み込ませて、マッキーの口に押しつけた。

視界を霧が覆う。路地の電灯が、フロントガラスに反射した。眩《まぶ》しい。

次の瞬間、マッキーは深い眠りに落ちた。

気がついたら救急車に乗せられていた。

三郎が体を起こすと、二人の救急隊員が、慌てて三郎の体を押さえつける。出血のあまり、気を失っていたようだ。

カオルが陽子を人質に取り、マンションに入っていったところまでは覚えている。

「陽子は……人質に取られた女の子はどうなりました？」

救急隊員の二人が顔を見合わす。話してもいいかどうか、迷っている顔だ。

「恋人なんです！　教えてください！」

三郎は咄嗟に嘘をついたのだが、それを信じた救急隊員たちは、気の毒そうな顔をした。

「エレベーターの中に、立て籠《こ》もってます」救急隊員の代わりに、後ろに座っていた初老の男が答えた。全身から醸《かも》しだす空気と鋭い目つきから、間違いなく刑事だとわかった。

立て籠もる？　カオルが？　何のために？

「……警察は何をしてるんですか？」

「容疑者は銃を持っているので、今は手出しができない状態です」

容疑者という言葉に体が硬直する。マンションの管理人、望月の顔が浮かぶ。秘密がバレることを恐れて、自分がこの手で望月を殺してしまったのだ。まさに悪夢だ。後ろ暗い仕事はしてきたが、ほんの数時間前まで、自分が人を殺すなんて、思ってもみなかった。それが今は容疑者だ。小川を殺したのは、カオルにハメられたからだが、自分は望月の命をも絶ってしまった。

「捜査第一課の花岡といいます」男は、警察手帳を出しながら言った。「訊きたいことがあります。知っていることは、すべてこちらに教えてください」

物腰の柔らかい口調だが、抜け目のなさがうかがえる。黄色く濁った目で、じっと三郎を観察しているようだ。

「……はい」

「お名前は？」

「安井です」下手に嘘はつけない。

「フルネームでお願いします」

「安井三郎」

花岡が手帳に書き込む。

「人質に取られている女性を《陽子》と呼びましたね」

「……はい」

「その陽子さんとお付き合いをなさってると……」花岡が、さらに手帳に書き込む。

ヤバい。後で確実にバレる嘘だ。

「容疑者とも知り合いですか？」

「いいえ。知らない女です」咄嗟に、また嘘が出た。

「おかしいな。現場にいた警官の話では、あなたが容疑者を《カオル》と呼ぶのを聞いているんですけどね」

三郎の首筋に、生温《なまぬる》い汗が、ひんやりと流れた。

またこの場所に戻ってきた。

カオルは、エレベーターの天井を懐かしそうに見上げた。

陽子は、エレベーターの隅に、放心状態で座っている。小川の死を受け入れられないでいるんだろう。打ちひしがれた陽子の顔を見て、カオルの胸は高揚感で一杯になった。

ドーパミン出るわぁ。

カオルは、陽子を見下ろし唾《つば》を吐きつけた。

「……何が起こったの？」陽子が泣きながら訊いた。

「あの男が、勝手に最上階から飛んだんだよ」

陽子が、キッとカオルを睨みつける。「嘘よ！　あの人は、自殺なんかする人じゃない！」

あの人？　あー、ムカつく。その《あの人》は、人の夫でしょ？　こんな女のせいで、お姉ちゃんは苦しめられたんだ。

本当のことを教えてやろう。

「そうよ。自殺じゃない。私が殺して落としたの。脳味噌が飛び出すとこが見たかったのよ」

陽子の顔が歪む。カオルは、さらに続けた。「簡単にコテッと死んだよ。口から泡吹いて、白目を剝いて。死んだ瞬間を、あんたにも見せてあげたかったわ。すごく笑えたよ」

陽子が狂ったようにカオルに飛びかかってきた。撃ってやろうかと思ったが、ここは我慢しよう。

カオルは、銃身で、陽子の頭を斜め上から殴りつけた。陽子の額が割け、床に崩れ落ちた。

計画遂行のためには、この女に大人しくしてもらわなければならない。

カオルは、携帯電話を取り出し、三郎にかけた。

「カオルか？」三郎が出た。救急車の音がうるさい。

「すぐにお姉ちゃんを連れてきて」

それだけ告げて、カオルは携帯電話を切った。

「おい、起きろ」

神崎の声で、マッキーは目を覚ました。割れるように、頭が痛い。

「起きたか？」神崎が、ピシャピシャとマッキーの頬を叩く。

鉄と油の臭《にお》いで、胸がむせ返る。ここはどこ？　さっきの倉庫の中？

マッキーはようやく、自分が椅子《いす》に縛り付けられていることに気づいた。まだ視界がはっきりしない。神崎が、二重にも三重にも見える。

人影が動いた。ライターの火が、人影を照らし出す。男がタバコに火をつけ、煙をモワッと吐いた。

銀縁メガネに細身のスーツ。まるで銀行員のようだ。銀行員がこんな時間にこんな物騒な場所にいるわけがないけど……。

その《銀行員》が近づいてきた。神崎が、緊張しているのがわかる。銀行員が、ヌッとマッキーの顔を覗き込んだ。目の病気なのか、白目の部分がすべて、燃えるように赤い。

「はじめまして」耳がキンキンするほどの高い声で、銀行員は言った。「今夜は、私たちの仕事のお手伝いをしてくれるそうで」

は？　何、言ってんのこいつ？

「神崎、明かりをつけろ」

「はい」

神崎が、倉庫の照明スイッチを入れた。蛍光灯の白い光に、マッキーは目を細める。

倉庫の中は、酷《ひど》く薄汚れていた。鉄パイプ。木の屑《くず》。埃《ほこり》が舞う中で、マッキーの目はあるものに釘付けになった。

天井から垂れ下がるロープ。ロープの先には、輪が作られている。輪の下には、手足を縛られ、口と目にガムテープを貼り付けられた、中年の太った男が横たわっていた。顔中に殴られた痕がある。抵抗することを諦めているのか、ぐったりしたまま身動きをしない。かすかに腹部が動いているから、まだ生きているのは確かだ。

手伝うって……何を？

救急車のサイレンの中、三郎の携帯電話が鳴った。カオルからの電話だ。

「電話に出てください」花岡が、有無を言わせない口調で言った。

小川の死体。

二人の警官の死体。

銃を奪い、人質を取ってエレベーターに立て籠もっているカオル。

そして、血だらけの三郎。

花岡が、三郎に疑いの目を向けるのは当たり前だ。もう、すべて話すしかないのな……。三郎は、覚悟を決めて携帯電話に出た。

「カオルか？」

「すぐにお姉ちゃんを連れてきて」カオルは、それだけ言って電話を切った。

「おい！　カオル！　カオル！」

「どうしました？」花岡が三郎に訊く。

「切られました」

「そのカオルという女は、何を言ったんです？」

「すぐに姉を連れてこいと……」

「姉？」

「今回のことは、カオルの姉に対する異常な愛情が原因なんです」

「……どういうことか説明してください」

三郎は花岡に、今夜の一部始終を話しだした。

自分が探偵であること。カオルの姉、小川麻奈美の依頼で、夫の小川順をエレベーターに監禁したこと。カオルに《薬品》を掏《す》り替えられて、小川を死なせてしまったこと。小川の死体を最上階から落としたこと。カオルの過去。今、カオルが人質に取っている女が、小川の浮気相手だということ。

三郎は懺悔《ざんげ》でもしているかのように、一度話し始めると止まらなくなった。ただ、マンションの管理人の望月殺害のことだけは言えなかったが。

花岡はメモを取りながら、三郎の話を黙って聞いていた。三郎の話が終わると、手帳を閉じて言った。

「もちろん、小川麻奈美の家はご存じですよね？」

「……は、はい」

「住所を教えてください」

「どうする気ですか？」

「今から、この救急車で迎えに行きます」

救急隊員たちの顔が青ざめる。「花岡さん、無茶言わないでください。かなり出血してるんですよ」救急隊員の一人が抗議をしたが、花岡は聞き入れなかった。

「容疑者が要求しているんだから仕方ないだろ。それに、小川麻奈美に今夜の説明ができるのは、探偵さんだけだ」

花岡は、くるりと振り返り、三郎を見て笑った。「まだ、大丈夫ですよね？」

三郎は、頷くしかなかった。


お姉ちゃん、早く来ないかな。

カオルは、エレベーターの中で、姉の麻奈美の笑顔を思い出した。

麻奈美は、笑うとえくぼができる。カオルにはできなかった。生まれた時から、姉とは何もかもが違っていた。

いくつの頃だったかは覚えていないが、あやふやな記憶がうっすらと蘇《よみがえ》る。母と父の笑顔。父が、姉をくすぐる。身をよじって笑う姉。母は、姉のえくぼを愛しそうに指で押している。カオルは、部屋の片隅で、一人で遊んでいる。積み木。高く高く積んで壊したい。

「お願い……助けて……」陽子の弱々しい声で、現実に引き戻された。床に這いつくばり、額から血を流している惨《みじ》めな女。

まだ殺さない。お姉ちゃんが来るまで殺さない。お姉ちゃんが見ている前で、頭を撃つ。お姉ちゃんは、きっと喜んでくれるはずだ。

エレベーターが動きだした。勝手に上の階へと昇っていく。マンションの住人が、呼び出しボタンを押したのだろう。

エレベーターが七階に止まった。ゆっくりとドアが開く。

「すげえパトカーの数！」「何？　何？　殺人？」ヤジ馬二人が、マンションの下に降りようとエレベーターを呼んだのだ。二人とも茶髪の若者で、サーフブランドのTシャツと、短パンとビーチサンダルという似たもの同士の装いだ。小麦色に焼けて健康的だが、脳味噌はチワワぐらいしかないだろう。

ヤジ馬二人は、エレベーターに乗ろうとして足を止めた。銃を持ったカオルに、ようやく気づいたのだ。銃と、頭から血を流している陽子を交互に見ながら、後ずさりした。

カオルは、二人に向かって銃を構えた。ヤジ馬二人が、腰を抜かす。

「もう一つのエレベーターを使えよ。下に降りたら、警察にこっちのエレベーターは誰にも使わせないように言ってこい」

カオルは二人に命令し、《閉》のボタンを押した。


「紹介しましょう」

銀行員が、ロープの下で縛られている男を指して言った。

マッキーは、できることなら紹介なんかして欲しくなかった。

「安井幸二さんです」

え？　安井？

「……もしかして、サブちゃんの？」

「そう、お兄さんです」

「何で、こんな所にいるのよ？」

「私たちが連れてきたからです」

何が何だかわからなかった。目の前で、惨《むご》い姿で倒れている男が、サブちゃんのお兄さん？　目にもガムテープが貼られているし、殴られすぎて顔面が酷く腫《は》れ上がり、似ているかどうかすらわからない。

「嘘でしょ?」

「本人に訊いてみたらいい」

訊くも何も、口にガムテープをされているではないか。

「おい!」

銀行員が、鋭い声を出す。神崎が、男の脇腹を蹴り上げた。男がくぐもった呻き声を上げて、身をよじる。

「お前、安井幸二だよな!」神崎が、男に怒鳴った。

男は苦しそうに、何度も頷く。

「説明しましょう」

銀行員は、スーツの内ポケットから、あの瓶を取り出しながら言った。「この《眠り薬》は、私たち《業者》の中でも、ダントツの人気商品なのです。先ほど、あなたも体感したと思いますが、これを使えばどんな大男でも、簡単に拉致することができるのです。だから、もちろん値段も高額になってくる」

銀行員はそこまで話すと、メガネを外して目と目の間のツボを指で揉《も》んだ。

「飛ぶように売れるから、在庫の確保も大変でね。常時、二百本は保管しとかなきゃならない」

銀行員は、メガネをかけ直し、真っ赤に充血した目でマッキーを見た。

「三日前、この二百本が消えた。どうやら、この安井幸二が盗んだらしい」

「盗んだ？」

「こいつも《業者》なんだよ」

神崎がそう言って、また男の脇腹を蹴った。


三郎を乗せた救急車が、猛スピードで他の車を追い抜かしていく。

「……先に、小川麻奈美に電話しておきますか？」三郎は、おずおずと花岡に訊いた。

刑事という人種が、皆そうなのかわからないが、この男は冷たい空気を身にまとっている。

「やめておきましょう。こういう場合は、いきなり家に行った方が効果的です」花岡が、三郎の右肩の傷を見ながら言った。

明らかに、俺を観察している。三郎の鼓動が、速く乱れる。

花岡が、再びメモに目を通した。「今のお話を聞く限り、人質に取られている陽子さんは、あなたと恋人関係ではないんですね」

「はい」

「私なら、ここまでしないなぁ」花岡が、首を捻りながら言った。

「何がですか？」

「惚れてもない女のために、ここまで体を張れませんよ。安井さんは、正義感が強いんですね？」

「はぁ……まぁ……」三郎が、うやむやな返事をする。

「なぜ、その正義感を生かした仕事を選ばなかったんですか？」

そんなこと、お前に関係ないだろう。そう言い返してやりたかったが、何も言えなかった。

「もちろん、俺……捕まるんですよね……」

「そうなるでしょうな。その前に、人質の救出に一役買ってもらいますよ。容疑者のカオルと、小川麻奈美の間に入れるのは安井さんだけですから」

また、三郎の携帯電話が鳴った。

「《カオル》からですか？」花岡が、思わず腰を浮かす。

マッキーからだった。

忘れていた。マッキーが、駐車場で待っていたのだ。

「エレベーターでの監禁を手伝った、もう一人の仲間です」三郎は、正直に花岡に答えた。

「……出てみてください」

「もしもし？」

「よう。久しぶりだな」

受話器の向こうで、神崎が言った。


カオルは最上階のボタンを押した。軋《きし》んだ音を立てて、エレベーターが昇っていく。

最上階なら邪魔は入らないだろう。

カオルは、一つ一つ上がっていく階数表示を見ながら、うずくまる陽子に話しかけた。「あの男のどこがよかったの？」

「……え？」

「小川」

「それは……」

陽子は、どう答えればいいかわからず黙り込んだ。目を泳がせて、カオルの逆鱗《げきりん》に触れることを恐れている。

「大丈夫、まだ撃たないから」カオルは優しい声で言った。

嘘だった。

このクソ女の口から、あの男の名前を聞くだけで虫酸《むしず》が走る。今すぐにでも、引き金を引いてやりたい。でも、あの男の何がよくて、お姉ちゃんは結婚したのか……それが知りたいのだ。

カオルは、同じ質問を、麻奈美に訊いたことがある。

絶望の白い壁に囲まれた、精神科病院での毎日。

お姉ちゃんは、いつも、たくさんの花を持ってきてくれた。

ある日、お姉ちゃんは、小川との結婚を唐突に私に告げた。窓の外を見ながら。

患者が飛び降りないように、鉄格子がはめこまれた窓。お姉ちゃんは、この窓を嫌っていた。自分の妹が、そういう場所に閉じ込められていることを強く認識させられるのが嫌だったんだろう。

ただ、結婚の話をした時は、私の顔を一度も見なかった。私が、逆上することがわかっているからだ。

その時も、私は泣き叫んだ。嫌だ。また一人になるのは嫌だ。

『その男のどこがいいの？』私の質問に、お姉ちゃんは『ごめんね』としか答えなかった。


エレベーターがゆっくりと速度を落とした。最上階に着いた。

「ねえ、あの男のどこがよくて付き合ったの？」カオルが、もう一度、陽子に訊いた。

「……わかりません」陽子はぼそりと答え、唇を固く結んだ。

は？　何それ？　わからない？　それで、お姉ちゃんを悲しませたの？

「小川の次に、大事な人は誰？」カオルは、怒りを押し殺して言った。

「え？」

「大事な人」

「……両親ですけど」

「呼んで」

カオルが、陽子に携帯電話を差し出した。

そいつらの目の前で、殺してやるよ。

サブちゃんのお兄ちゃんが《業者》？

マッキーは、混乱する頭で神崎を見た。神崎は、マッキーの携帯電話を使って三郎と話している。

「いい度胸してるじゃねえか！　自分が何やったかわかってんのか！」神崎が、携帯電話に向かって凄《すご》む。「今夜のことも、全部知ってんぞ！　お前が死体を落っことす瞬間も、マンションの下で見てたんだよ！」

神崎は、ずっと三郎を尾行していたのだ。《眠り薬》の隠し場所を突き止める気だったのだろう。

神崎が、「話せ」とマッキーの口元に乱暴に携帯電話を持ってくる。

銀行員が、「《眠り薬》が、どこにあるか訊いてください」と慇懃《いんぎん》無礼な態度でマッキーに頼む。丁寧な分、得体の知れない恐怖を感じる。

「サ……サブちゃん」マッキーは、携帯電話に向かって言った。

「マッキーか？」三郎が、心配そうな声で言った。

三郎の後ろで、けたたましいサイレンの音が聞こえる。

「どこにいるのよ！　ずっと待ってたのよ！」

「すまん。救急車の中だ」

「え？　ケガしたの？」

「まあな」三郎が、言葉を濁す。

「大ケガ？　大丈夫なの？」

「話せば長くなる」

神崎が、マッキーを小突いた。

「私、変な人たちに拉致されたの」

「そこはどこだ?」

「わかんない。倉庫みたいな場所よ」

「何で《業者》がお前を……」

「《眠り薬》が二百本ないんだって」

「は?」

「サブちゃんのお兄さんが盗んだんだって」

「…………」

電話越しでも、三郎が絶句しているのがわかった。さらに、サイレンの音が大きくなる。

「兄貴に代われるか?」

「私も縛られてるし、お兄さんは話せるような体じゃないわ」

「兄貴は無事か?」

「死んではないけど、無事とは言えない」

神崎が、マッキーの口元から携帯電話を離した。「三十分待ってやるから、こっちに来い。来なけりゃ、兄貴もオカマも殺す」神崎が、三郎に場所の説明をし始める。

銀行員が、マッキーの耳元で嬉しそうに言った。

「本当に殺しますよ」


「どうしました？」青ざめた顔の三郎を見て、花岡が言った。

なぜ、マッキーが？　《眠り薬》二百本？　兄貴が盗んだ？

「安井さん！　大丈夫ですか！」花岡が、耳元で叫ぶ。

「……大丈夫です」

全然、大丈夫じゃない。ここから、二キロほど離れた場所でマッキーが監禁され、兄が殺されようとしているのだ。本当に兄が、あの薬を二百本盗んだのだろうか？

確かに、兄の幸二は《業者》の人間だ。探偵まがいの今の仕事も、兄の裏社会の人脈を当てに始めたのだ。

探偵をやろうと決めた時、兄は真剣な顔つきで三郎に言った。『絶対に、《業者》を裏切るなよ。《業者》だけは、裏切っちゃダメだ』

後にも先にも、兄のそんな顔を見たのは初めてだった。『殺されても、文句は言えないからな』

その兄が、《業者》の物を盗むなんて、危険なマネを冒すだろうか？　しかも、神崎の口振りでは、消えた《眠り薬》二百本の行方は、俺が知っていることになっている。

ハメられた？

そう考えると、辻褄《つじつま》が合う。誰かが、俺たち兄弟に罪を擦《なす》り付けようとしているのだ。

サイレンが止まった。小川麻奈美の家に着いたのだ。

「さあ、降りてください」花岡が、救急車のドアを開けた。

残り二十五分。

何もしなければ、兄は殺される。

「嫌です！　両親は関係ないじゃないですか！」陽子が、カオルの携帯電話を拒む。

「いいから呼べよ！」カオルは、陽子の顔に携帯電話を押しつけた。

「嫌！」陽子が、カオルの手を払い退ける。携帯電話がエレベーターの壁に当たった。

「何してんだよ！」カオルは、陽子の顔面を平手で殴った。「人の夫に手を出したお前が悪いんだろうが！」

怒鳴りつけるカオルを陽子が睨み返す。

何？　その目？　淫乱《いんらん》のクソ女のくせに！

カオルが、拳銃を陽子の額にピタリとつけて言った。「いっぺん死んでみる？」

陽子は震えながらも、カオルを睨むのをやめない。「……撃ちなさいよ。どうせ、今日死ぬ気だったんだから」

今の陽子には怯える様子はない。「早く撃ちなさいよ！」陽子が、叫び声を上げる。

カオルは、ゆっくりと拳銃を下ろし、床に落ちている携帯電話を拾った。

「電話しないって言ってるでしょ！」

陽子の言葉を無視して、カオルは電話のダイヤルを押す。

「誰にかけてるのよ！」

うるさいよ。カオルは携帯電話で、陽子の頭を殴りつけた。うずくまる陽子にまたがり、さらに殴り続ける。「もしもし？　もしもし？」電話から三郎の声が聞こえても、殴るのをやめなかった。

「カオル！　どうした？　何やってんだ！」陽子の悲鳴が聞こえたのか、三郎の声が大きくなる。

二十回殴ってから、ようやくカオルは電話に出た。

「陽子の両親も連れてきて」

そう言って、二十一回目の一撃を陽子の眉間《みけん》に叩きつけた。

携帯電話が、真っ二つに折れた。

残り二十分。本当に三郎は来てくれるだろうか？

マッキーは、言いようのない不安感に押し潰されそうになっていた。

「立て！　コラ！」神崎が、安井幸二の髪の毛を摑んで立たせた。幸二が、力なくフラフラと起き上がると、神崎は、天井から垂れ下がっているロープを手繰《たぐ》り寄せた。

「足を乗せろ」

幸二は言われるがまま、木箱の上に両足を乗せた。手足の拘束は解かれている。神崎がロープを幸二の首にかける。微妙に高さが合わず、幸二は爪先立ちでプルプルと震える。

マッキーは、見ていられず、思わず顔を横に向けた。

「お兄さんは首吊り自殺です」銀行員が、歯を見せて笑う。前歯が全部、金歯だった。

ボコボコになった幸二の顔は、誰がどう見ても自殺には見えないが……。

「あなたはどんな死に方がいいですか？」

銀行員が、また金歯を見せた。

ハッタリには見えない。もし、サブちゃんが来なかったら……。ああもう！　そんなのありえないって！　絶対来てよ、サブちゃん！

「ダイブもいいな～」

ダイブ？　どこから？

「この近くに建設中の高層マンションがあるんです。何階建てだと思います？」

「知らないわよ」

「五十階です」

……五十？　小川を落としたマンションも結構高かったわよ？　それの何倍よ？　どんな高さなのよ！

想像するだけで、胃がぎゅっと摑まれたように痛くなった。

銀行員はサディスティックな笑みを浮かべて立ち上がった。大きく伸びをした後、コキッと首を鳴らす。

「まだ時間はあります。どんな死に方がいいか、ゆっくりと考えてくださいね。なるたけリクエストには応えますんで」

銀行員は、マッキーから離れ、幸二に近寄った。

そして、何のためらいもなしに、幸二の足元の木箱を蹴った。まるで、邪魔なゴミを足で蹴散らすかのように。

三郎は、花岡に支えられて救急車を降りた。

神崎からの電話で、完全に痛みはどこかに飛んでしまった。

三郎は、麻奈美のマンションには何度も来たことがあった。浮気調査の段階から、小川を尾行していたからだ。だが、まさか、こんな形で再び訪れるとは……。

「人質の両親か。……何が目的か、見当つきますか？」花岡が、三郎に訊いた。

「わかりません」

カオルの元に、麻奈美だけではなく、陽子の両親も連れていかなければならない。しかも、あと二十分のうちにマッキーと兄の幸二を助けに行かなければ……。

三郎は、神崎からの電話の内容を花岡にはまだ話していなかった。

――《眠り薬》二百本？　説明のしようがない。

「まずは麻奈美さんから説得しましょう」

花岡の言葉に我に返った。救急車の音のせいか、マンションの窓から住人が顔を覗かせている。神崎のことは、麻奈美を救急車に乗せた後、花岡に話そう。

「起きてるといいんだけどな。さあ、行きましょう。部屋の番号は何番ですか?」花岡が三郎を急がせる。「わかっているとは思いますけど、小川さんが死んだことは、まだ麻奈美さんには話さないでくださいよ。パニックになられても困りますので。時間との勝負ですからね」

念を押す花岡に、三郎は頷くしかなかった。

麻奈美は、寝ていなかった。

インターホンの音に、すぐに部屋のドアを開けた。もしかすると、小川が帰ってきたのかと思ったかもしれない。泣いていたのだろう。目の下が真っ赤に腫れ上がっている。

「……ど、どういうことですか?」麻奈美は、血だらけの三郎と花岡を交互に見ながら言った。

三郎は、何から話せばいいかわからず、花岡を見た。

「警察です。今、妹のカオルさんが人質を取ってエレベーターに立て籠もっています」

「え？　カオル？」麻奈美は、困惑の顔で三郎を見る。

「本当だ。『お姉ちゃんを連れてこい』と要求しているんだ」三郎が麻奈美に言った。

「……私を？」

「時間がありません！　急いでください！」

「いったい……」

「人命がかかっています！　協力をお願いします！」花岡が間髪入れずに説得する。

「わ、わかりました。すぐ用意します」麻奈美が、準備のために部屋に戻った。

「今のうちにカオルに電話をしてください。これから麻奈美さんを連れていくことだけを伝えて、絶対に刺激しないでください」花岡が、三郎に指示を出す。

「陽子の安否は訊かなくてもいいんですか？」

「訊かない方がいいでしょう。これ以上興奮させたくありません」

「はい」

三郎が携帯電話を出し、カオルの番号にかける。繋《つな》がらない。もう一度かけようとした時、マッキーの携帯から電話がかかってきた。

「誰ですか？」

「……さっき電話してきた仲間です。牧原です。」

「またですか？」

話すなら今だ。「トラブルなんです」

「と言いますと？」

「とりあえず出ていいですか？　後で全部説明しますんで」

花岡が頷くのを待って、三郎は通話ボタンを押した。

「早く出てよ！　サブちゃん！」マッキーが電話越しに叫んだ。「お兄さんが……お兄さんが……」


カオルは、二つに折れた携帯電話を陽子に投げつけて叫んだ。

「何してんだよ！　お前のせいだぞ！　この野郎！」

これで一切外部との連絡は取れなくなった。

関係ねえ。

三郎が、お姉ちゃんとこいつの親を連れてくるまで待つだけだ。そして、撃つ。命乞いを無視して、眉間に鉛弾をめり込ませてやる。その後のことなんかもうどうでもいい。どうにでもなれ。私が見たいのは、このクソ女の親の絶望の顔と、お姉ちゃんの喜ぶ顔だけだ。

ドアの向こうから声が聞こえた。男の声がする。「カオル、カオル」

誰だ？

「愛敬《あいきょう》カオル！　聞こえるか？　人質は無事か！」

警察だ。もう一つのエレベーターで、最上階までやってきたのだ。本名は三郎から聞いたのだろう。

「ドアを開けてくれ。水と食べ物を持ってきた。渡した後に、すぐドアを閉めてもらっても構わない」

食べ物はいらなかったが、水は欲しかった。

「もちろん、丸腰だ！　武器は持ってない！」警察が、ドアの向こうで声を張り上げる。

「ドアの前に置け！　置いたらすぐに一階まで降りろ！」カオルが叫び返す。

「わかった！　人質の声だけ聞かせてくれ！」

カオルが、陽子に顎《あご》で指示を出すと、陽子は「早く助けて！」と叫ぶ。

「もう少しの辛抱だ！　必ず助け出す！」

念のため、五分待った。

カオルは、陽子のこめかみに銃を突きつけて、エレベーターのドアを開けた。エレベーターの前に、水とパンが入ったコンビニの袋が置かれている。廊下には誰もいない。カオルは、陽子を離し、コンビニの袋に手を伸ばした。

その途端、非常階段の陰から、男が飛び出してきた。警察官だ。低く、素早い動きで突進してくる。

選択肢は三つ。

陽子に銃を突きつける。

エレベーターのドアを閉める。

どちらも間に合わない。

カオルは、最後の選択肢、警察官に向けて銃を構えた。もう弾は一発しか残っていない。

「お兄さんが……お兄さんが……」

幸二が首吊り状態で、ぶら下がっている。マッキーは、三郎に状況を説明しようとしたが、顎がガクガクしてうまく喋《しゃべ》れない。幸二は、足をバタつかせて苦しんでいる。

死んじゃう！

そう叫ぼうとした時、鉄柱にくくり付けてあったロープの端を神崎がナイフで切った。幸二の体がドサリと床に落ち、苦しみのあまり芋虫《いもむし》のように這いずり回る。

「兄貴がどうしたんだ！　おい！　マッキー！　どうなったんだ！」

「殺されそうになったのよ！」

「なんだと！」

「お願いだから早く来て！」

銀行員が、マッキーの口に当てていた電話を取り上げて言った。「もう少し上手に実況中継してもらわないと」

銀行員は、幸二の足元の木箱を蹴り、宙づりになった様子を幸二の携帯電話のカメラで撮っていた。ただその写真を撮るためだけに、幸二をロープで首吊りにしたのだ。なんて卑劣な男だ。銀行員は取り上げた電話を耳に当て、受話器の向こうにいる三郎に向かって話し始めた。「はい。こちら、現地レポートの牧原さ～ん」

マッキーは銀行員の顔を目掛けて唾を吐いた。銀行員は難なく身を引いて、唾をかわす。

「神崎。弟の携帯に兄貴の首吊り写真を送りつけろ」銀行員が神崎に携帯電話を投げた。「それを見たら、《眠り薬》の在《あ》り処《か》もすんなりと吐くだろう」

神崎が、言われた通りに携帯を操作する。

「待て」銀行員が、神崎を止めた。「写真が一枚より二枚の方が効果的だよな」

二枚？　どういう意味？

「せっかく被写体がもう一人いるんだから」

私？

「もう一回、縄を張りますか？」神崎が訊いた。

「面倒臭いだろう。ナイフでいいよ」神崎が、銀行員にナイフを持ってくる。マッキーの顔の長さとさほど変わらない、サバイバルナイフだ。

……どういう写真撮るの？


三郎の携帯に写メールが届いた。

兄貴！

幸二が首を吊っている写真だ。ご丁寧にも神崎からのメール文も添えられている。

『来なければこうなる』

三郎は、怒りのあまりに拳を振り回し、救急車の後部座席のドアを力任せに殴った。

麻奈美が顔を引きつらせて怯える。

「落ち着くんだ！」花岡が、三郎の腕を押さえ込んだ。

残り十五分。ここからカオルが人質と立て籠もっているマンションまでは、救急車を飛ばして約十分。そのマンションから、マッキーと兄貴が監禁されている場所まで、早くても十五分ぐらいか……。

間に合わない。

「どうしましょう……」三郎は、花岡に助けを求めた。《業者》の連中のことは、すでに花岡に話した。

「とりあえず乗ってください！」花岡は、三郎と麻奈美を救急車に乗せる。「飛ばせ！」花岡が運転手に怒鳴り、救急車はサイレンを鳴らし始めた。

「まずは麻奈美さんを運びましょう」

「でも兄貴とマッキーが殺されます！」

「その《業者》ってのは何者なんですか？」

「……ヤクザ崩れの何でも屋みたいなもんです」

真奈美は、三郎と花岡の会話についていけず、ポカンとしている。

「殺すという脅しは本気ですか？」

「あいつらならやりかねません」

「正直に答えてください。彼らの商品を盗んだんですか？」

「盗んでません！」

「お兄さんは？」

「……盗んでないはずです」

「濡れ衣を着せられている可能性があるわけですね」

三郎が頷く。

「わかりました。麻奈美さんを降ろしたら、すぐ、この救急車でその監禁場所に行きましょう」

「ありがとうございます！」

三郎は、花岡の手を握り、深く頭を下げた。

頼む、兄貴、生きていてくれ！


カオルの放った弾丸が、警察官の右腿を直撃した。陽子が、鋭い悲鳴を上げる。

警察官は、もんどりうって倒れ、呻き声を出した。カオルが警察官の体を調べる。

本当に丸腰だった。

ヤバい。もう銃に弾は残っていない。今、ここに突入されたら終わりだ。

カオルは、エレベーターから顔を覗かせて辺りをうかがった。誰もいない。この警察官一人で来たようだ。

さあ、どうする？　ハッタリを利かせて、まだ弾が残っていると装うか？　しかし、包囲されている警察たちに、残りの弾がないことを気づかれたら終わりだ。

カオルは、チラリと陽子を見た。もちろん、陽子はカオルの持っている銃に、弾がないなんて夢にも思っていない。火薬臭い銃口を凝視しながらガタガタと震えている。

カオルは試しに、倒れている警察官に銃を向けた。

陽子が目を閉じる。

「う、撃たないでくれ……」警察官が弱々しく言った。こいつも弾があると思っている。カオルは、警察官をエレベーターの中に引きずり込んだ。

人質が二人。下手に動いてもどうせ逃げきれない。カオルは、エレベーターの《閉》のボタンを押した。陽子が絶望的な表情で、閉まっていくドアを見る。

警察官の無線機が鳴った。「どうした？　応答しろ！」

カオルは、警察官に銃を突きつけて言った。「返事しな」

警察官は、激痛に顔を歪めながら無線機を手に取った。「人質の救出に失敗しました。今、自分もエレベーターの中です……」

一人だったところを見ると、この突入はこの警察官の独断だったのだろう。

カオルが警察官に「お姉ちゃんはまだか訊け。後、十分待っても来なかったらお前が死ぬから」と言うと、みるみる顔を青ざめて泣きそうになる。

ハッタリは利いている。

けど、お姉ちゃんが来たところで、弾は切れている。さて、このクソ女をどう殺す？


銀行員がサバイバルナイフをマッキーの首筋に当てた。恐ろしいほどの刃の冷たさに、マッキーは歯を食いしばって耐えた。

「これ邪魔ですね」銀行員が、マッキーのメガネを外しにかかる。

椅子に後ろ手を縛りつけられているマッキーは、されるがままにメガネを外されてしまった。

銀行員の真っ赤な目が爛々《らんらん》と光る。完全なサディストの目だ。

「これで五個目です」

「……何の数よ」

「今までえぐった眼球の数ですよ」

銀行員は得意げに、サバイバルナイフの刃先をマッキーの左目に近づける。次に右目。

「どっちがいいですか？」銀行員は嬉しそうに笑いながら、刃先を右、左とゆらゆらさせた。「眼球の写真送られたらびっくりすると思いません？」

「……私に訊かないでよ」

「人間てのはね、意外と我慢強い生き物なんですよ。安井幸二さんを見てください。あれだけ痛めつけられてもまだ口を割りません」

マッキーは、ズタボロになっている幸二を見た。

「本当に盗んでないんじゃないの……」

銀行員は、芝居がかった仕草で、大げさに溜息《ためいき》をついた。「じゃあ誰が盗んだんですか？」

「私が知ってるわけないでしょ！」

「わかりました。今からあなたの右目をえぐります。弟の三郎が到着したら、左目をえぐります。それでも、安井兄弟が盗んでないと言うならば、その言葉を信じましょう」

「何で私がそんな目にあわなきゃなんないのよ！　関係ないでしょ！」

「関係ないからいいんです。人は、自分の痛みより、自分のせいで他人が傷つけられる方が辛《つら》い生き物なんです。特に、その人が関係なければないほど、なおさら効果が高いのです」

銀行員が、マッキーの右目の前で、サバイバルナイフの動きを止めた。

この男、本気だ。

「教えるわよ！」マッキーが叫んだ。

「何をですか？」

「……《眠り薬》の隠し場所よ」

もちろん嘘だ。眼球をえぐられるのだ。誰だって嘘をつくだろう。

銀行員と神崎が顔を見合わせた。

「何でお前が知ってるんだよ！」神崎が、マッキーの前髪を乱暴に摑み、怒鳴りつけた。

「サブちゃんに預かってくれって言われたのよ……」

「どこにあるんだ？」

どこにする？　どこにする？　ああああ、どうしょう！

「私の店よ。酒と一緒に物置に入れてるわ。失明したら案内できないんだけど」言っちゃった。デタラメにしても酷すぎる。ただのオカマバーだってば！

「どう思います？」神崎が、銀行員に訊く。

「行けばわかるでしょ」

銀行員が、サバイバルナイフを下ろして言った。

「生まれるー！」

麻奈美が叫んだ。陣痛が始まったのだ。三郎は、困惑した表情で花岡を見た。三郎のどんな話を聞いても冷静沈着だった花岡でさえ、顔が青ざめている。救急隊員がテキパキと動き、麻奈美に呼吸の指示を出す。

「ちょっと……どうしましょう……」

「どうするも何も……」花岡が珍しく、答えに詰まる。

「ギャアー！　痛いー！」

麻奈美が、さらに大声を出す。

「ちょっとだけでも……無理か？」花岡が、おずおずと救急隊員に訊いた。

「何がですか？」救急隊員は、額に汗を浮かべて訊き返した。邪魔するなと言いたげだ。

「事件のマンションに……」

「馬鹿言わないでください！　もう生まれるんですよ！」

「でも、人質が……」

「母子ともに命を落としますよ！」

「むっ……」花岡は完全に言葉を失った。

「このまま病院に向かいますよ！」

「わかった……俺たち二人を降ろしてくれ」

三郎と花岡を降ろし、救急車は麻奈美を乗せて走り去っていった。残り、十分。このままでは、マッキーも陽子も兄貴も死んでしまう。三郎は発狂しそうになった。

花岡が、タクシーを停めた。一緒に乗ろうとする三郎を押し返す。

「な、なんですか？」

「安井さんはもう一人の仲間のところへ行ってください！」

「……カオルは？」

「麻奈美さんがいないんです……安井さんが来たところで状況は変わらないでしょう……何とか、私が時間稼ぎをしますので、先にお兄さんとお友達を助け出してくださ い」

「……わかりました」

「すぐに応援のパトカーを向かわせますから、絶対に無理しちゃダメですよ」

三郎は、力強く頷いた。

タクシーのドアが閉まり、花岡が去っていく。

途端に言いようのない不安が三郎を襲う。マッキーの顔が浮かぶ。巻き込んだのは俺だ。俺が行くしかないやろ！

三郎は、不安を振り払うかのように、遠くに見えたタクシーに手を挙げた。


「……目的はなんだ？」

エレベーターの床にうずくまっている警察官が、痛みを堪えてカオルに言った。

「お前に関係ねえだろ」

「なぁ……人質は一人で十分だろ？　俺が残るからこの女性を解放してくれないか……」

何だ、こいつ？　若い男だ。脂汗を浮かべているが、凛々《りり》しい表情をしている。全身から正義感が溢《あふ》れ出ている感じだ。気持ちが悪くて胸やけがする。

「こんなことをして何になるんだ？　関係ない人間を傷つけても何の解決にもならないだろ？　俺がゆっくりと君の話を聞いてやるから、まずこちらの女性をエレベーターから出してやってくれ」警察官はベラベラと喋り続ける。

カオルは銃の弾を残しておかなかったことを心から悔やんだ。

「誰だってヤケになることはある。俺だって、」

カオルは警察官の言葉を遮るかのように、陽子の頭に銃を押しつける。陽子が、首をすくめ、小さく悲鳴を上げる。

「な、な、何をするんだ！　やめるんだ！」警察官が驚きの声を出す。

「それ以上喋ると撃つよ」

「いや、俺は……」

カオルが、撃鉄を上げる。「黙ってなさいよ！」陽子が、警察官を怒鳴りつける。

警察官は、大げさに口をへの字に結んでみせた。

馬鹿が！

カオルが、陽子の頭から銃を離した。

一瞬、カオルに隙ができたのを、警察官は見逃さなかった。警察官は、ズボンの裾《すそ》をたくし上げ、隠していた小型の銃を抜いた。明らかに特殊な訓練を積んだ者の動きだった。制服を着てはいるが、ただの警察官ではないことは確かだ。さっきの半泣きも、演技だったに違いない。

「動くな！」

警察官は、真っ直ぐカオルに銃を突きつけた。


「その店はここから近いのか？」

神崎がＢＭＷのエンジンをかけながら言った。

「……三十分くらいね」

神崎が舌打ちをする。

実際はその半分もかからないが、とにかく考える時間が欲しかった。

車内にはマッキーと神崎の二人。銀行員は倉庫に残り、三郎が着くのを待っている。

マッキーは腕を背中の後ろに縛られたまま、無理やり助手席に座らされた。いい加減肩の関節が外れそうだ。

「本当にあるんだろうな？」神崎がマッキーを疑いの眼差《まなざ》しで見る。

マズい。まずはこの男から信用させなければ。

「あの状況で嘘がつける？」

「苦し紛れの嘘かもしれない」

心臓が跳ね上がる。正解よ。

マッキーは、これまた苦し紛れに笑いだした。

「何がおかしい？」

「そんな嘘ついて、どうするのよ。私も迷惑してたのよ。あんな物騒な物、押しつけられて」

「まあ、いい。なかったら、なかったで、」

「ぶっ殺すなり、目玉えぐるなりすれば」マッキーが、神崎の言葉を遮る。「早く車を出してよ。もう終わらせたいんだから」

神崎が、アクセルを踏み、BMWを発進させた。どうやら、少しは信じてもらえたようだが、まだ油断はできない。それに、店へ着いたら終わりだ。

ないものは、ない。

ＢＭＷは、工場地帯を抜け、大通りを走っている。さっきから、神崎は黙ったままだ。

「ねえ、あの男は何者なの？」マッキーは銀行員のことを訊いた。

「俺の上司だ」

「目をえぐったとか言ってたけど、マジ？」

「マジだ」

「あんた、もしかしてびびってんの？」

「あっ？」

「だってアイツの前でペコペコしてたじゃない」

神崎が急ブレーキで、ＢＭＷを道の端に停めた。「ンだと、コラ！」神崎が、マッキーの胸ぐらを摑んで凄む。

エサに喰いついた。

「ねえ、私と組まない？」

マッキーが猫なで声で言った。

タクシーが三郎の前で止まった。運転手が三郎を見てぎょっとした顔をする。タクシーが逃げた。

乗車拒否だ。当たり前か……。

三郎は血が固まったスーツを見て思った。救急隊員の処置で少しマシになったとは言え、自分も軽傷ではない。三郎は、ふらつく足を踏ん張り、タクシーを待った。

……来ない。

時間も時間だけに車の通りが少ない。さっき、二台続けて来たのは、かなり幸運だったようだ。焦りが三郎に押し寄せる。

……アカン！

タクシーどころか、一般車両さえも通らなくなってきた。たとえ、タクシーが来たとしても、また乗車拒否される可能性が高い。

ヘッドライトの灯《ひ》が一つ、近づいてくる。バイクだ。この際なんでもいい。三郎は、轢《ひ》かれないことを祈りながら、車道のど真ん中にころりと寝転がった。エンジン音が、どんどん近づいてくる。かなり大きい音だ。いや、爆音だ。エンジン音と重なってクラクションが鳴る。ただのクラクションではなかった。ゴッドファーザーのテーマだ。

て言うか……これ……。

三郎は、恐る恐る顔を上げて、迫り来るバイクを見た。思いっきり暴走族だった。特攻服の若者が二人乗りをしている。バイクが止まった。蛇行運転をしていたので、走行速度が遅く、倒れている三郎を発見しやすかったのだ。「おっさんが死んでるぞ！」運転している方のガキが興奮して叫んだ。

三郎は、体を動かして、呻いてみせた。

「まだ、生きてるやんけ！　車に轢かれたんちゃうけ！」後ろに座っているガキも、同じように叫んだ。「おっさん！　大丈夫か！」二人の若者が三郎の元に駆け寄ってくる。

「救急車……救急車……」三郎は、うわ言のようにブツブツ言いながら、体を起こした。

「起きたらアカンて!」「寝とけって!」

心優しき暴走族の若者たちよ、ありがとう。

三郎は、ズボンのポケットに入れていたモンキーレンチを久しぶりに取り出した。エレベーターの中で小川順を脅かすのに使ったモンキーレンチだ。それで若者たちを順番に殴りつけた。

一人は顎。

もう一人は鎖骨。

大丈夫。死にはしない。ただ、この先彼らがさらにグレるのは間違いない。

「ちょっと借りるぞ」三郎は、バイクにまたがり、歪《いびつ》な角度に曲がっているハンドルを握った。

こんなバイク、マンガでしか見たことないぞ……運転できるかな? でも贅沢は言ってられない。これしかないのだ。

道路にうずくまる若者たちに感謝しつつ、三郎はバイクを発進させた。

「無駄な抵抗はやめろ」警察官は、勝ち誇った顔でカオルに言った。「銃をゆっくりと床に置くんだ」

完全なミスだ。カオルは、警察官の体を隅々まで調べなかったことを悔やんだ。警察官は右脚を撃たれ、興奮状態だ。これ以上抵抗すれば、容赦《ようしゃ》なく撃つだろう。

カオルは、足元にそっと銃を置いた。

「両手を上げて、銃をこっちに蹴り出すんだ」

カオルは言われた通りに、銃を蹴った。銃が、警察官の元へ、エレベーターの床を滑っていく。

「動くなよ……」警察官が、銃口をカオルに向けたまま、慎重に銃を拾い上げる。銃を見て、警察官が笑った。「何だ、これ？　弾入ってねぇじゃねえか」

陽子が驚いた顔でカオルを見る。

「容疑者を確保しました」警察官が、無線に言った。

「何よ！　あんた、何がしたかったのよ！」緊張の糸が切れた陽子が、ボロボロと泣きだした。

軋んだモーターの音。エレベーターが降下を始める。一階には、武装した警察官たちが待機しているだろう。

撃たれてもいい。逮捕されるなら、ここで死んだほうがマシだ。もう一度、お姉ちゃんに会いたかったけど……。

カオルは、陽子の首を、両手で思いっきり絞めた。

「手を離せ！」警察官が、叫ぶ。離すもんか。この女だけは許せない。

陽子は、咽を押し潰され、白目を剝いた。

乾いた破裂音。警察官が発砲した。

「組む？　自分の立場をわかってて言ってるのか？」神崎が、マッキーに言った。

「あの薬、二百本でいくらになるわけ？」

「うるせえ」

再び車を走らせようとする神崎に、マッキーは言った。「私が四割、あんたが六割でどう？」

「何？」

「分け前よ」

神崎が、馬鹿にしたように鼻で笑う。

「三割と七割」

「ふざけるな」

「二と八」

「もういい！」

「全部、あげるわよ」

「あ？」

「私を見逃してくれるならね」

神崎が、マッキーを見た。悩んでいる目ではない。怯えている目だ。「組織を裏切るなんてできるわけねえだろ」

「そんなに怖いの?」

神崎が唇を舐《な》めた。いつの間にか、カサカサに乾いている。「一度、裏切り者の処刑に立ち会ったことがある」

「……処刑?」

「仲間の一人が、組織のことをサツにチクったんだ。どうやって殺されたと思う?」

「さあ……あんまり考えたくないわね」

「マフィアの裏切り者は殺された後、口の中に石を詰められるんだ。知ってるか?その真似か知らないが、テニスボールを入れられるんだ」

「死んでから?」

「生きてる時にだ。無理やり咽の奥にテニスボールを押し込められる。窒息寸前になると腹を殴られて、ボールを出す。出たボールを、また口の中に入れられる。この繰り返しだ。最後の方にはテニスボールが血で真っ赤に染まるんだ……」

「それ……誰のアイデアよ?」

「さっき会っただろ」

「あの銀行員みたいな男?」

神崎が頷く。その時のことを思い出したのか、目の奥から恐怖が滲み出てきた。

確かにそんな現場に居合わせたら、誰も裏切ろうなんて考えないだろう。

「じゃあ、裏切りだと思われなければいいわけね」

神崎が、もう一度、マッキーを見た。ほんのわずかだが、恐怖の色が薄まっている。

「銀行員野郎を犯人にするっていうのはどう？」

「は？　そんなことできるわけねえだろ！　あの人は組織の幹部だぞ！　下っ端の俺と、どっちの言葉が信用されると思う？」

「大丈夫。死人に口なしよ」


の、乗りにくい……。

三郎は、マンガの世界でしか見たことのないようなヤンキーバイクで、大通りを疾走した。

しかも、う、うるさい……。

スピードを上げる度に爆音が街中に響く。

兄の幸二が、そんなリスクを絶対に冒すはずがない。確かに、《業者》のような裏家業に身を置くくらいだから、金には困っていたのだろう。

《眠り薬》二百本……。

俺たち兄弟を誰かがハメた。一体、犯人は誰だ？　三郎は、バイクを走らせながら策をめぐらせる。

このまま、自分が幸二の所に駆けつけて何ができる？　むざむざ殺されに行くだけではないのか？　花岡が呼んでくれたパトカーが来るまで、どう時間を稼ぐ？

武器は……モンキーレンチ一本。とてもじゃないが、太刀《たち》打《う》ちできない。武器がいる。ただ時間がもうない。あと五分ほどでタイムリミットだ。

三郎は、大通りから川沿いの工場地帯に入った。このバイクの音では、目立ちすぎる。三郎はバイクを乗り捨て、神崎が指定した倉庫を探す。

どこだ？　どの倉庫だ？

三郎はモンキーレンチを握り、身を屈めた。

あの倉庫だ！

三郎の車が、前の空き地に停められている。三郎は物陰に隠れながら近づき、出入口を探した。汗でモンキーレンチが滑り落ちそうになる。落ち着け！　音を立てるな……気づかれるな……ここは奇襲で突破するしかない。

忍び足で壁に歩み寄り、中の様子をうかがうために耳を澄ませた。

バイクの音が遠くから聞こえた。一台や二台の音ではない。さっきまで、三郎が乗っていたバイクと同じ音が、無数にこちらに近づいてくる。

暴走族の仲間だ……。

焼けるような熱さがカオルの右腕を貫いた。

陽子を助けるため、警察官が至近距離で撃ったのだ。

しかし、カオルは、激痛に耐えて陽子の首から手を離さない。

死ね！　死ね！　死ね！

さらに力を込めて、陽子の首を絞める。

「お、おい！　放すんだ！」警察官が、まったくひるまないカオルを見て動揺の声を出す。

「頭を狙えよ！」カオルが警察官を睨みつけ、叫んだ。

「う、撃つぞ……」警察官は、カオルの頭に照準を合わせた。

銃口が震えている。カオルは、自分を殺そうとしている男の目を見た。カオルの執念に完全に怯えきっている。

不思議と恐怖はなかった。あるのは後悔だけだ。

お姉ちゃん、バイバイ……。小川を殺してあげたからね。……お姉ちゃんの喜んだ顔が見たかったよ。

カオルは、陽子から手を離し、警察官に近づき、両手を大きく広げた。「撃てよ！」

「ひい！」カオルの声に、警察官は思わず引き金を引いた。弾は、カオルの頬骨をかすめ、エレベーターの壁を跳ねた。

しっかり狙えよ！

カオルは罵声《ばせい》を浴びせようとしたが、警察官の視線がおかしいことに気づいた。警察官は呆然《ぼうぜん》と陽子を見ている。

振り返ると、陽子が耳の後ろを押さえて立っていた。指の間から、止《と》め処《ど》なく血が溢れ出ている。

跳弾が、陽子に当たったのだ。

陽子は、自分の身に何が起こったのかがわからず、口をパクパクさせ、糸が切れた操り人形みたいに床に倒れた。

「大丈夫、死人に口なしよ」

マッキーは、精一杯のハッタリスマイルで神崎に笑いかけた。

「……どういう意味だ？」神崎が声を潜めて訊いた。

ノッてきてる。チャンスよ。

「あの銀行員を殺して、《眠り薬》を盗んだ罪を着せるのよ。《眠り薬》は行方不明のままでね。ほとぼりが冷めたら、アンタが金に換えたらいいじゃない」

「……ふーん」神崎が、神崎のアイデアに感心したかのように何度か頷いた。

釣れた！

「悪くないでしょ？」マッキーが得意げに言った。

次の瞬間、目の奥で火花が散った。神崎が、マッキーの鼻を殴ったのだ。鉄の味がしたかと思うと、鼻血がマッキーの緑のジャージにシミを作る。

「ふざけんなよ！　てめえはさっさと店に連れていけばいいんだよ！」神崎が、拳についた血をマッキーのズボンで拭《ふ》きながら怒鳴った。

甘かった。仲間割れをさせる作戦は失敗だ。

「シートを汚すんじゃねえよ！」神崎は、ダッシュボードのボックスを開けてマッキーにティッシュ箱を投げつけた。

「両手を後ろに縛られたままじゃ、拭けないわよ！」と言うと、赤信号で神崎はマッキーの縄をほどいた。

車は、駅前の繁華街に着いた。

マッキーの店《スラッガー》は、この繁華街の中心にあるスナックビルの地下一階にある。

「ぼろ臭えビルだな……」神崎が階段を降り、唾を吐いた。

「大きなお世話よ」

「こんなとこで、よく商売ができるな。儲かってんのか？」

「ほっといてよ」

同じフロアの他の店が、すべて閉まっているのがせめてもの救いだった。他人を巻き込みたくない。

マッキーは、店の鍵を出し、ドアを開けた。埃と下水が混じったような独特の臭いが鼻を衝《つ》く。鼻血の臭いと混じって吐きそうだ。

照明のスイッチを入れた。カウンターだけの小さな店だった。小さくて狭いが、愛しい店だ。

マッキーは、カウンターの上に置いてあった客の忘れ物のタバコをくわえ、これまた忘れ物のジッポーで火をつけた。

「さっさと《眠り薬》を出せや！　タバコなんか吸ってるんじゃねえよ！」神崎が、カウンターの椅子に乱暴に座る。

のっそりした動作で、マッキーは、店の隅にある物置の扉を開けた。モップやビールケース、酒が入ったダンボール……。《眠り薬》なんてあるわけない。どうやってごまかす……。

「おい！　まさか、ないんじゃないだろうな？」神崎が立ち上がり、近づいてきた。

万事休すだ。

一本の酒瓶が、マッキーの目に留まった。

スピリタス・ウォッカ。アルコール度数九十％以上の強烈な酒だ。マッキーの店では、主に罰ゲームとして飲まれている。

「聞いてんのか！　コラ！」神崎が、マッキーの肩を摑んだ。

マッキーは、素早くスピリタスの蓋《ふた》を開けて、中の液体を神崎の服にぶちまけた。

「冷てえ！　何すんだ！　この野郎！」神崎がブチ切れる。

「こうすんのよ」

マッキーは、くわえているタバコの火をアルコール浸しの神崎に投げた。

「どこじゃ！　ボケ！」「そこにバイクがあったからまだここら辺におるぞ！」

次々と特攻服の暴走族たちが、隠れている三郎の横を通り過ぎていく。各自木刀や鉄パイプやらを持参し、完全な戦闘モードだ。

「出てこいや！　ゴラァ！」紫の特攻服を着た少年が、チェーンを振り回しながら叫ぶ。

そんなこと言われて出ていけるわけがない。

「車があるぞ！」一人が、倉庫前に停めてある三郎の車を見つけた。瞬く間に、暴走族のバイクが三郎の車を取り囲む。その数、約二十台。

「ぶっ潰したれ！」リーダーらしき、スキンヘッドの少年が金属バットを高々と上げた。

おい！　ちょっと……。

少年たちはバイクを降り、蟻《あり》が砂糖に群がるように一斉に車に飛びかかった。

まだローンが終わってねえって！　中古とは言え、セルシオだ。

三郎の愛車を、少年たちはバラエティに富んだ武器で殴り始めた。ベコバキボコとリズミカルな金属音と共に、セルシオは見るも無残な姿に変わっていく。

「早く出てこいや！」

その時、倉庫の扉が開いた。

少年たちは一瞬のうちに静まり返った。扉の向こうに立っているのは、三郎の見たことのない男だった。上品なスーツに銀縁のメガネ。細身だが、裏の世界の人間が持つ独特の異臭が全身から出ている。足が悪いのか、黒い杖をついていた。

《業者》の人間か？

「こいつか？」スキンヘッドが、二人の少年に訊ねる。さっき、三郎にモンキーレンチで殴られた二人だ。「全然違う」「もっと太ってた」二人は、首を横に振り言った。

スキンヘッドは舌打ちをして、バイクにまたがった。

「他、探すぞ」人の車を壊したことなど、何とも思っていない口ぶりだ。他の少年たちも、ぞろぞろと自分のバイクに戻り始める。

「待ってくださいよ」スーツの男が口を開いた。

「何やねん？　文句あんのか？」スキンヘッドが睨みを利かせる。

「壊すなら、もっと徹底的に壊さないと」そう言って、スーツの男が杖を車に向けた。

よく見ると杖ではなかった。

ショットガンだ。

ショットガンが火を噴き、セルシオのガソリンタンクに命中した。

もう一発。

まるで、映画のワンシーンのように三郎の車は爆発、炎上した。


「あ、あ、あ、あ、あ」

警察官は、真っ青な顔で陽子を見ている。

陽子は、エレベーターの床で全身をピクピクと痙攣《けいれん》させている。

「何やってんだよ！」カオルが、警察官にキレた。「この女は私が殺さなきゃ、意味がねえだろうが！　お姉ちゃんを幸せにするのは、私だけなんだよ！　謝れ！　お姉ちゃんに謝れ！」

「ご、ご、ごめんなさい」警察官が、訳もわからずに謝る。

萎《な》えた。完璧に萎えた。

肝心の陽子が死んでしまったら、意味がない。目的を失ったカオルは、大きく溜息をついた。今夜、すべての出来事を台無しにされた気分だ。

「さっさと私も、殺して欲しいんだけど」カオルが、警察官に近づく。

「ヤダ……ヤダ……」警察官が、駄々をこねるような声で首を横に振りながら後ずさる。今度は演技じゃなく、本気で泣きかけている。

「私が自分で自分を撃つから、それ貸してよ」カオルが、銃を指す。

「ヤダ！」警察官が、抱きしめるように銃を隠した。

「じゃあ、どうすんだよ！」

「わからない……」

「はあ？」

「これで、俺の人生も終わりだ……」

何だ、この男は？　中途半端な正義感を振りかざし、挙句《あげく》の果てに人質を殺してしまった。

「私が撃ったことにしてやろうか？」

「え？」

「今度は、あんたが人質になればいいんだよ。銃を奪われたことにすれば？」

「……え？」

「ホラ！　早くその銃を貸せよ！　エレベーターが下に着いたら、仲間がたくさん待ち構えてるんだろ！」

警察官が少し考え、おずおずと言った。「撃ちませんよね？」

「人質がいなけりゃ、私が撃たれるだろ！　少しは考えろよ！」

「あ、はい」警察官が、カオルに銃を渡す。

カオルは、銃口を警察官の額に当て、何のためらいもなく引き金を引いた。

これ以上、お前といれるかっつーの。

エレベーターの壁に、警察官の血しぶきが飛び散る。エレベーターが一階に着いた。

さて、どうしよう？

「熱っ！　熱っ！」

神崎のタンクトップに火がついた。

アラ。意外と燃えないのね。

神崎が火を手で払い、今にも消えそうだ。

他に何かないかしら？　マッキーは、もう一度物置の中を見る。殺虫剤に目が留まった。ゴキブリ用に買ったやつだ。《火気厳禁》と表示されている。

いいのがあるじゃない。

マッキーは、急いで殺虫剤の蓋を開けて、神崎の体に浴びせかけた。

「何しやがんだ！　燃えるだろ！」

「燃やすのよ！」

神崎を包む火は勢いを増し、髪の毛までもが燃え始めた。

「アチチチチチ！！」神崎が、狂ったツイストのように身をよじり、足をバタつかせる。

つるり。

神崎が、足を滑らした。ズデンと派手な音を立てて転び、回転しながらマッキーへと向かってくる。

「あっぶねえ！」

火だるま男の突進に、マッキーは思わずオネエ言葉を忘れた。高く飛び上がり、神崎の体をかわした。

神崎は、床を転がり回って火を消そうとする。

ちょっと、やりすぎたかしら……。

マッキーは、冷蔵庫の中からハイネケンの瓶を二本取り出し、栓を抜いた。

「二つで千二百円よ」

マッキーは、瓶を両手で持ち、神崎にビールをかける。

「チャージはオマケしとくわ」

三本目のハイネケンをかけて、ようやく火が消えた。

火傷《やけど》を負った神崎は、グッタリしてゼーゼーと荒い息をしている。

「……俺に、こんなマネをして……タダで済むと思ってんのか……」神崎が、弱々しい声で言った。

「そんな口の利き方をすると、救急車を呼んであげないわよ」

「夢野さんに……ぶっ殺されんぞ……」

「夢野さん？」

「倉庫にいた人だ」

「銀行員みたいな奴？」

「《眠り薬》はないのかよ……」

「最初からないわよ」

「知らねえぞ……あの人からは、絶対に逃げきれねえ……」

「何言ってんのよ。今から、警察を呼ぶわ」

神崎が、急に笑いだした。おかしくて、おかしくてしょうがないという風に。

「何笑ってんのよ？」

「夢野さんの本職は……刑事なんだよ」

俺の……セルシオ……。

三郎は、バラバラになって燃えていく愛車を見ながら呆然とした。

銀行員みたいなスーツの男が、突然出てきて、突然ショットガンを撃ったのだ。

何だ？　ありゃ？

暴走族の少年たちが、蜘蛛の子を散らすように逃げ出す。

「もっと遊んでいってくださいよー。寂しいなー」また、銀行員が撃った。バイクが一台、吹っ飛ぶ。

メチャクチャだ……。

銀行員は、爛々と目を輝かせながら、爽《さわ》やかな笑顔で銃を乱射している。

マッキーと兄貴はこんな男に監禁されているのか……。《業者》の人間とは何人かと会っているが、あんな男は見たことがない。

銀行員の狂気じみた行動は、どんどんエスカレートしていく。腰を抜かして逃げ遅れた暴走族の少年の口の中に、ショットガンの銃口を突っ込んだ。「おーい、みんな戻ってこないと、友達が死んじゃいますよー」

少年は泣きながら、小便を漏らしている。

三郎は、倉庫を見た。入り口が開いている。銀行員は、こっちに気づいていない。

今だ！

三郎は、銀行員が背中を向けているのを確認し、倉庫の入り口に飛び込んだ。埃臭い。薄暗い倉庫の中を見回す。兄貴がいた！　ガムテープで目と口を塞がれ、手足をグルグルに縛られて、床に倒れている。酷い……。マッキーは？　どこだ？……いない。

とりあえず、今はこっちだ！

三郎は、倉庫の鉄の扉を力任せに閉めた。鉄の音に、銀行員が振り返る。少年の口からショットガンを抜き、扉に向けて撃った。弾が扉に跳ね返る轟音《ごうおん》で、耳がキンキンする。

三郎は、扉の鍵を内側からかけた。

エレベーターのドアが開いた。

マンションの一階のロビーには、ギュウギュウに詰まるほどの数の警察官たちが、銃を向けて待ち構えていた。全員が、カオルを見て動きを止める。カオルは、両手を上げて立ち上がった。足元には、二つの死体が転がっている。

「撃つな！」初老の、刑事らしき男が叫んだ。

カオルが武器を持ってないとわかると、先頭に立っていた三人の警察官がエレベーターに乗り込んできた。カオルは何の抵抗もせずに、手錠をかけられ、人波を掻きわけるようにしてロビーから外に連れ出される。

お姉ちゃんの姿が見えない。

「お姉ちゃんは？」カオルは、横を歩く初老の刑事に訊いた。

「病院だ」初老の刑事はぶっきらぼうに答えた。

病院？

「何でよ？」

「陣痛が始まったんだよ」

「……生まれるの？」

初老の刑事が頷いた。「お姉ちゃん、お前のことを心配していたぞ」

カオルはパトカーに乗せられた。初老の刑事と、岩のような体をした若い刑事に挟まれる形で、後部座席に座った。フラッシュの光が眩しい。マスコミとヤジ馬でマンションの周りは騒然としていた。

「出せ」初老の刑事が運転席の男に指示した。

「安井三郎に会ったぞ」しばらくたって初老の刑事が口を開いた。

「……あんた誰？」

「花岡という。よろしく」

「何、自己紹介してんのよ」

「訊かれたから答えたまでだ」

パトカーは、警察署に向かって走っていた。カオルの乗ったパトカーは、さらに五台のパトカーと、テレビ局の中継車やマスコミのワゴンまで引き連れている。

「三郎とオカマはどこ？」

「他の事件に巻き込まれてな」

「他の事件？　何よ、それ？」

「《業者》のことは知ってるのか？」

「ヤクザが使ってる便利屋でしょ。直接会ったことはないけど」

「《業者》とのトラブルで、牧原が監禁されている」

「ふーん」

「心配じゃないのか？」

「別に」

話はそこまでだった。今となってはどうでもいい話だ。

警察署が見えてきた。


「兄貴！　大丈夫か？」

三郎が倒れている幸二に駆け寄った。だいぶ痛めつけられたのだろう。幸二はぐったりとして身動きもできないでいる。

再び扉に向かって発射された。激しい鉄の音に思わず身をすくめる。

あの男が鉄の扉を開けようとしている。

三郎は、急いで幸二の目と口のガムテープを外した。顔面は無数の殴られた痕で、パンパンに赤黒く腫れ上がっている。

幸二が大きく息を吸い込み、激しく咳《せ》き込んだ。「三郎……俺じゃねえぞ……俺は盗んでねえぞ……」

「わかってるって。いいから喋るな」

「……何で来るんだよ……馬鹿野郎」

「ほっとけるわけないやろ」

「俺たちを……ハメた奴がいる」

「誰だ？」

幸二は、力なく首を振った。

「……《業者》の誰かが裏切ったんだ」

「マッキーは？」

「神崎に連れていかれた」

「神崎に？」

「俺たちをかばってくれたんだ……自分が盗んだって嘘ついて」

「マジか？」

三郎は、思わず目頭が熱くなった。しかし、感動して泣いている場合じゃない。神崎も危険な男だ。《眠り薬》がないとわかったら、マッキーはタダでは済まない。

「二人はどこに行ったんだ？」

「マッキーの店だ」

「スラッガーか……」

幸二が、怯えた目で倉庫内を見回す。「夢野は？」

夢野？　聞いたことのない名前だ。

「あの銀行員みたいな男か？　ショットガンをぶっ放されたぞ」

「あいつは……ヤバい……ヤバすぎる……逃げろ」

「安心しろ。もうすぐ警察が来るから」

幸二は絶望の眼差しで、三郎を見た。「あいつも警察の人間だ」

「は？　どういうことだ？」

「私、刑事なんですよ」

三郎は背後の声に振り向いた。倉庫のロフトの窓際に、夢野がいた。

いつの間に……。

「窓が開いててラッキーでした。何年ぶりでしょう、木登りなんてしたのは」

表の木から、ショットガンを抱えて倉庫の屋根に飛び移ったってわけか。

「《業者》は副業ってやつです。老後の蓄えが欲しくて三年前から始めました。刑事の給料だけじゃ、とてもやっていけないんですよ」

「それじゃあ、お前が……」

「《業者》のオーナーです。はじめまして。では、両手を頭の後ろに組んでもらえますか？」

　夢野が、三郎にショットガンを向けた。


「何よ、それ……」マッキーが呟いた。あの銀行員が刑事？「嘘でしょ！　私の目をくりぬこうとしたのよ」

「最悪の汚職刑事だ」神崎が、火傷の苦痛に顔を歪めながら言った。

「『レオン』のゲーリー・オールドマンみたいな？」

「誰だ？　それ？」

「え？『レオン』観てないの！　映画よ！」

「知らねえな」

「大ヒットしたのに」

「最近？」

「昔よ！」

「『タイタニック』より？」

「『タイタニック』は観たのね……」

「最後に観たのがそれだ」

「……そっちの方が信じられないわよ」

「うるせえ。早く、救急車を呼べよ」

「まだよ。まず夢野に電話して」

「何の電話だよ？」

「《眠り薬》がありましたって言うのよ」

「俺に嘘をつけってか？　後で殺されるよ……」

「救急車を呼ばないと、全身火傷でここで死ぬわ」

神崎は、唇を噛んだ。「……わかった」

マッキーは神崎に携帯を渡す。神崎が指を震わせながら、番号を押した。

「か、か、神崎です」声まで震えている。

「無事ありました。……はい。二百本、全部ありました。ちゃんと数えました。う、嘘じゃありません」

何、テンパってんのよ！　これ以上話させるのはマズい。マッキーは、携帯電話を奪った。

「もしもし？」

「マッキーさんですか？」電話の向こうから、粘っこい声が聞こえた。

「ご苦労さまです。では、今すぐこちらまで持ってきてください」

ここだ。びびっちゃダメだ。

「返して欲しければ、サブちゃんのお兄ちゃんを解放しなさい」マッキーは、気合を入れて、夢野に言った。

沈黙……いや、笑っている。

「お兄さんだけでいいんですか？　ここに三郎さんもいらっしゃいますよ」

サブちゃん……何、捕まってんのよ！

三郎は夢野にショットガンで脅されて、幸二と背中合わせに縛られてしまった。

「マッキーさんですよ」

夢野が携帯を三郎の耳に当て、口のガムテープを剝《は》がした。

「サブちゃん？　何やってんの？」マッキーの怒った声が聞こえる。

「……助けに来たんだよ」三郎が、申し訳なさそうに言った。

「大丈夫？」

「お前こそ大丈夫か？」

「……何とかね」

「一体、どうなってるんだ？」

「《眠り薬》は私が持ってることになってるから。口裏を合わせてよ」マッキーが声を潜める。

ハッタリかよ……。どうするつもりなんだ？

「わかった」

「《眠り薬》と引き換えで、サブちゃんたちを助けるからね」

なんというクソ度胸。失敗すれば、全員殺される。

夢野が、三郎の顔から携帯を離した。「マッキーさん、下手な駆け引きはやめた方がいいですよ」夢野が穏やかに言ったが、目は笑っていない。

片方の眉毛が上がった。マッキーが何かを言ったらしい。

「なるほど……そうきますか」夢野が下唇を舐める。

何を言ったんだ？

その時、遠くからサイレンの音が近づいてきた。パトカーだ。花岡が呼んでくれた応援がやっと到着したのだ。

夢野が舌打ちをする。「少し待ってください。お客さんが来たので。またこちらから電話します」

夢野が携帯電話を切り、三郎の口にガムテープを貼った。サイレンの音がどんどん大きくなる。二台？……いや、三台だ。

「大人しくしていてくださいね」

夢野は、ショットガンを柱の陰に隠して、倉庫の扉から表に出ていった。


取調室――。

カオルは、手錠をかけられたまま、パイプ椅子に座らされた。花岡が、机を挟み対面に座っている。

「今さら何を調べんの？　さっさと留置所に放り込んでよ」

「まだ訊きたいことがある」

「眠いんだけど」カオルが欠伸《あくび》をしながら言った。

横に立っていた、岩のような体と顔をした若い刑事がカオルの肩を掴む。「なめんなよ、姉ちゃん。女だからって、容赦しねえぞコラァ！」

「篠塚、落ち着け」花岡がたしなめる。静かだが、迫力のある声だ。

篠塚が手を離し、カオルの顔に唾を吐きつけた。同僚を殺されて、怒り狂った目をしている。

「今夜、お前は一体、何人を殺したんだ？」

「さぁ？　自分で数えれば」

カオルの横っ面を、篠塚が手の甲で張った。カオルは、パイプ椅子から吹っ飛び、床に転がり落ちる。痛えな……このゴリラ。

篠塚は、カオルを強引に立たせ、椅子に座らせた。

「失礼します」ノックをして、鑑識の制服を着た男が取調室に入ってきた。男は、ビニールの袋を二つ、花岡に渡して部屋から出ていった。

証拠品だ。

一つは、カオルが陽子を人質に取った時の銃。もう一つは、エレベーターの中でカオルに撃ち殺された、マヌケな警察官の小型の銃だ。

「二丁とも、弾が空のままエレベーターに落ちていた。状況を説明しろ。どっちの銃で、須藤陽子と警官の二人を殺した？」

「警官は私だけど、あの女を撃ったのはアイツだよ」

「嘘つけ！　この野郎！」

「調べればわかるだろ。私を撃とうとして、外れた弾が当たったたんだ」

「何……」

「じゃあ、須藤陽子は殺《や》ってないんだな？」

花岡の問いに、カオルが頷く。

「マンションの管理人も、お前が殺ったのか？」

「は？　望月のこと？」

「管理人室で殴り殺されていた」

望月が？　誰に？

「意味わかんねえよ」

「お前じゃないのか？」

「あんな汚らしいオッサン殺しても、何の得もねえだろ」

「じゃあ、誰が殺したんだ？」

「それは、お前らの仕事だろうが。自分で見つけろよ」

望月が殺されている？　初耳だ。マッキーではないことは確かだ。小川を落とした後、ずっと車で待機していたのだから。

てことは、三郎か……？

やっぱ、いい車は違うわね。昔、友達から借りてたオンボロ車とは天と地の差だわ。

マッキーは、ＢＭＷのハンドルを切りながら思った。


ＢＭＷは駅前を離れ、大通りに入る。救急車とすれ違った。たぶん、私が呼んだやつだわ。

神崎は、《スラッガー》に置いてきた。大丈夫かしら？　結構、ハードな火傷だったけど……。

今からサディストの銀行員が待っている倉庫まで戻る。戻れるか？　手の平に汗が滲む。

本当に戻れる？

『言っとくけど、そっちに《眠り薬》は持っていかないわよ。夢野さんだっけ？　私が車であなたを拾いに行くわ。これが条件よ。私が人質になるようなもんだから問題ないでしょ？　これ以上、サブちゃんたちに危害を加えたら、瓶を全部割るからね。

ちなみに神崎さんは大火傷で今から病院に運ばれますので』マッキーは、電話で夢野に嘘をついた。

倉庫に戻り、夢野を車に乗せる。そこからが勝負だ。

夢野を車に乗せる目的は二つ。

一つは、三郎たちからひき離すため。

もう一つは……。

失敗すれば自分の命が危うい。

神崎の話では、夢野は現職の刑事だという。だから、警察を呼んでも無駄だと。警察の内部にも夢野の仲間がいるのだと……。

本当だろうか？

今から通報して、後は警察に任せてしまいたい誘惑に駆られたが、もし……そのせいで三郎が殺されたら……。

でも、そんなこと言ってられない。やるしかないのよ。

マッキーは、店から持ってきたミネラルウォーターをごくりと飲み、頬をパンパンと叩いて気合を入れた。

　ＢＭＷが工場地帯に入る橋に差しかかった。

この橋が、マッキーの最後の秘策だ。秘策と言っても、この橋からＢＭＷごと夢野を落とすというだけの計画だったが。

問題は、橋から落ちる瞬間に、自分だけ車からうまく飛び出せるかどうかだ。車を運転するだけでもかなりの緊張感なのに……。

……いけるわよね。ハリウッド映画ではみんなやってるもの。

パトカーのサイレンが帰っていった。

夢野が倉庫から出ていってまだ数分しかたっていない。

おいおい……マジかよ……。

三郎は、幸二の言葉を思い出した。『あいつは……ヤバい……ヤバすぎる……逃げろ』

夢野が置いていった、柱の陰のショットガンに目をやる。

刑事がショットガン？　刑事が《業者》のオーナー？　一体、何がどうなってんだ？

扉が開いた。夢野がニヤけた顔で入ってくる。「残念でしたね。お巡りさん全員帰っちゃいましたよ。暴走族の若者たちを追っかけていきました」

は⁉

何やってんだよ……花岡の奴、応援の警官たちに、ちゃんと説明してくれたのか？

「あなたたちは、暴走族にさらわれたことになりましたよ」夢野が笑いながら近づいてくる。「これで、私が刑事だということを信じていただけました？」と言って、三郎の口のガムテープを剝がす。

「マッキーは？」

「もうすぐ、ここに戻ってきます。《眠り薬》は持ってきてくれないそうです」

『口裏を合わせて』さっきのマッキーの声が頭の中に響いた。

「当たり前だろ！　誰がお前らに渡すもんか！」……これで、合ってるのか？

「渡してはくれるそうですよ」

「へ？」

「あなたたち二人と交換です」

「そ……そうだよ」三郎がしどろもどろになる。

「何か隠してますね」夢野が冷たい声で言った。赤い目で、三郎を見る。

「な、何が？」マズい、声が裏返ってしまった。

「私、この世で一番、嘘が嫌いなんですよ」

夢野はそう言って、ポケットからナイフを取り出した。


「殺された管理人とは面識があるのか？」

花岡の問いに、カオルは頷いた。

「どういう関係だ？」

「エレベーターの鍵を借りたんだよ」

「小川を監禁するためにか？」

もう一度、頷く。

「全部、三郎のアイデアだけどね。鍵を借りに行った時も、私は後ろで立って見てただけ」

「もう一人の牧原という男も管理人と面識があったのか？」

「ないよ」

花岡が、タバコに火をつけて、肺に入れた紫煙を吐き出す。カオルからは一度も目を逸らさない。「管理人を殺ってないんだな？」

「しつこいよ」カオルが、花岡に中指を立てる。

「お前しかいないだろうが」篠塚がカオルの髪の毛を掴んで凄む。勢いで、髪の毛が何本か抜けた。

「離せよ！　ゴリラ！」

「ゴリラ？　誰が？」

「お前しかいないだろうが」カオルは、篠塚の口調を真似て言った。

篠塚が、力任せに、カオルの顔を机に叩きつけた。衝撃で証拠品の二丁の拳銃が床に落ちる。

弾が入ってたら、即座にこのゴリラを撃ち殺すのに。

「わかった。全部話すよ」

「わかりました、だろ？」篠塚が、調子づいて言った。

「……わかりました。その前にトイレに行かせてもらえませんか？　さっきから漏れそうなんです」


カオルは水道の蛇口を捻り、流れ出る冷たい水で顔を洗った。

「早くしろ」一人用のトイレのドアの向こうから篠塚が怒鳴った。

カオルは、自分の顔を鏡で見る。篠塚の暴行で、頬と額が赤く腫れている。カオルは、人指し指を口に突っ込んだ。胃の中にある物を吐き出すためだ。

洗面台の上を、嘔吐物《おうとぶつ》と一緒に、二発の銃弾が転がった。

エレベーターで、間抜けな警察官を撃った後、残っている弾を二発飲み込んでいたのだ。

「今、行きます」

カオルは、銃弾を手に握りしめ、トイレのドアを開けた。

……着いたわ。

マッキーはBMWを倉庫の前に停めた。心臓が暴れ太鼓のように乱れている。

何度も頭の中で、自分がブルース・ウィリスばりに車から飛び降りるシーンをイメージしてみる。

……ちょっと待ってよ。ブルース・ウィリスが車から飛び降りた映画なんてあったっけ？

そんなの観てない。最後に観たのはレンタルで借りた『アンブレイカブル』だ。あれ、途中で寝たのよね……。それにブルース・ウィリスってタイプじゃないし。やっぱ、ジョージ・クルー……えっ？

何あれ？

前方の黒コゲになった車が目に入る。

あれって……サブちゃんの車じゃない！　心臓が、暴れ太鼓からヘビメタのドラムになった。サブちゃん……生きてるかしら？

あの車の破壊っぷりが、夢野の凶暴性を物語っているではないか。そんな男を車に乗せて、橋から落とそうと考えている自分に、少し疑問が湧《わ》いた。

私って……とんでもなくアホ？　いいえ、弱気は禁物よ！

マッキーは、倉庫に向かって勢いよくクラクションを鳴らした。

運転席の窓を開けて叫ぶ。「出てきなさいよ！」

もう一度、クラクションを鳴らす。さっきよりも長めに。

……反応ゼロ。えっ？　無視？

マッキーは、夢野に企みがすべて見透かされているような気がして、背中に寒けが走った。

しつこく鳴らそうとクラクションに手をかけると、夢野が扉を開けて倉庫から出てきた。決して慌てず、優雅とも言える足どりでこっちに近づいてくる。マッキーは、勘づかれないように、大きく息を吸い込み吐き出した。腹はくくったわよ。さあ、来い！

「お待たせしました」夢野が車のドアを開け、助手席のシートに体を滑り込ませた。

「それでは出発しましょうか」夢野は、まるでドライブにでも行くような口調でシートベルトを絞めた。
　よし、絞めたわね。あんただけ川にドボンよ。マッキーは、横目で夢野を確認した。
と、そのときかなり不吉なものが目に入った。夢野のスーツが血まみれになっている。
　それ……誰の血よ？

「兄貴！　兄貴！」三郎は叫んだ。
ガムテープのせいで声にならなかったが……。
夢野は、幸二の胸にナイフを突き立てて、倉庫を出ていった。
『本当はもっと色々切り刻んでから殺すんですけどね。今日は時間がありませんから』
夢野はそう言って、何の躊躇もなく、幸二を殺した。
俺のせいだ。
今まで体験したことのない怒りで気が狂いそうになる。全身の血が一気に逆流し、体中をうねり、こめかみの血管をぶち破りそうだ。咽に血の味がするほど、叫んだ。ガムテープを引き裂かんばかりの唸《うな》り声で。

夢野は、俺の嘘を許さなかった。

『マッキーさんは、《眠り薬》を持ってないんですか？』という夢野の質問に、ほんのわずかだが、間を空けてしまった。時間にして一秒もなかったのに、夢野に見抜かれてしまった。そして、三郎が答えるよりも早く、夢野は幸二を刺した。

次は自分の番だと覚悟したが、夢野は三郎に危害を加えなかった。

『あなたのことは、マッキーさんの前で殺します。今、あなたが感じている後悔の気持ちをマッキーさんにも味わってもらうためです。それに、邪魔する奴を片っ端から消していけば、最後に必ず、《眠り薬》を持つ人に行きあたるでしょう』

罰《ばち》が当たったのだ。

三郎は、奥歯を強く嚙みしめた。数時間前、何の罪もない望月を殺した天罰が下ったのだ。自分たちの犯した事件を見られたと勘違いして一人の管理人を殺してしまったことを、三郎は悔いた。今、兄の死体と背中合わせに縛られている……。これほどの罰はないだろう。流れる涙を拭《ぬぐ》うこともできない。もうすぐ、マッキーが連れてこられ、自分も殺される。

泣いてる場合かよ！……殺られてたまるか。兄貴の仇《かたき》は俺が取る！

体を捻り、窮屈な姿勢で倉庫を見回した。何かないか。ドラム缶に積み上げられたセメントの袋、腐りかけの木材……。武器と言えば……幸二の胸に刺さったままのナイフと、背広の内ポケットのモンキーレンチだけだ。しかも、この身動きも取れない状態ではどうしようもできない。

倉庫の扉が開く音がした。夢野か？　いや、夢野にしては早すぎる。

三郎は、倉庫の入り口に目をやった。女が立っていた。見たこともない女だ。

金色の長い髪に端整な顔つき。張りついたTシャツが破れそうなほど盛り上がった胸、ローライズのジーンズ。完全に場違いな美しさだ。

女は、三郎と幸二の死体を見て、悲鳴を上げた。


「吐いたのか？」

トイレから出てきたカオルの顔を見て、篠塚がニヤニヤと笑う。

「臭いからな」カオルが毒づく。

「何？」

「さっきから、てめえの口がプンプン臭うんだよ。一体、何食ってんだ？」

カオルの挑発に、篠塚の頬がピクピクと痙攣する。

「生ゴミでも食ってんのか？」

篠塚が、廊下を見渡す。誰も見ていないことを確認し、カオルの腹に拳を叩き込んだ。酸っぱい胃液が、口の中に広がる。さっき吐いてなければ危ういとこだった。篠塚は、カオルの肩を摑んで無理やり体を起こす。「これ以上、俺を苛つかせんなよな」篠塚が、カオルの顔の間近で睨みつけた。

「だから臭いって」カオルは口を開け、篠塚の耳に嚙みついた。

篠塚が、蹴り上げられた犬のような悲鳴を上げる。カオルが床に嚙みきった耳を吐き出す。血まみれのギョーザの皮みたいだ。

雄叫《おたけ》びを上げて、篠塚がカオルにタックルした。「殺してやる！」篠塚は、カオルに馬乗りになり、首を絞めようとした。

カオルは下から、手錠をかけられた両手で、篠塚の顔を殴りつける。鼻が折れた。グニャリと曲がった鼻のまま、篠塚は鬼の形相でカオルの顔面を殴り返してきた。

「痛えだろが！　このバカ女！」篠塚がさらに殴りつけ、カオルの唇が切れる。

「篠塚！　何やってんだ！」騒ぎを聞きつけ、花岡が取調室から飛び出してきた。花岡が篠塚の胸ぐらを摑み、カオルから引き離した。

取調室のドアが開いたままだ。

カオルは、逃げるように取調室に入り、机の上の銃を手に取った。

ビニール袋を破り、握っていた銃弾を詰め込んだ。

「何よ、その血！」

マッキーが、夢野のスーツの血を指した。

「気にしないでください」

「気にするわよ！　サブちゃんたちに何したのよ！」

「お兄さんの方を刺しました」

「え？……何言ってんの？」

「ナイフで刺しました」夢野が、顔色一つ変えずに言った。

マッキーは、ぐんぐん血の気が引いて気を失いそうになる。刺した？　刺したって何よ！

「こ、殺したんじゃないでしょうね？」

「さあ？」

夢野が罪の意識ゼロで、首を傾《かし》げる。マッキーの胸の中に、どす黒い怒りが広がる。

この男だけは許すわけにはいかない。

「わ、私の電話の話聞いてた？　全然、約束と違うじゃない！」

「《眠り薬》はあるんですか？」

「……は？　人の話を」

「本当は《眠り薬》を持ってないんじゃないですか？」

夢野が、マッキーの言葉を遮って言った。

バレてる？　サブちゃん、ごまかしきれなかったの？

「あるわよ！　さっきからあるって言ってんでしょ！　何もなかったら、とっくに私だけ逃げてるわよ！」

マッキーの反論にも、夢野はまるで聞こえてないかのように反応しない。

……とにかく、できるだけこの場所から離れなきゃ。

実はマッキーは、一人でこの倉庫に戻ってきたのではなかった。

神崎を置いて《スラッガー》から出た時、たまたま後輩が店の前にいたのだ。

「あれ？　マッキー先輩、もう店終《みせじま》いですか？」

「ジェニファー？」

後輩の名前だ。ジェニファー・ロペスに憧れて、全身を整形したオカマだ。マッキーが以前働いていたショーパブのナンバー1で、どこからどう見ても女の姿をしていた。

「せっかく飲みに来たのにぃ〜、まあ、いいや、じゃあホストクラブ行きましょうよ！　私、奢《おご》りますぅ」ジェニファーは、酒癖が悪く、今夜も相当酔っている。

「ごめん、今日は私、忙しいのよ。行かなきゃならないとこがあるの」

「冷たいこと言わないでくださいよぅ！　私も連れてって〜！　飲み足りないんですぅ」

「連れていけるわけ……」

マッキーは、ハタと言葉を止めた。可愛い後輩を危険な目にあわせるわけにはいかないが、自分が夢野を引きつけている間に、三郎とお兄さんを救出してくれれば……。

「……手伝ってくれる？」

「やったぁ！」

何も知らないジェニファーは、能天気に両手を上げた。

マッキーは、夢野に気づかれないように、チラリと横目で倉庫の入り口を見た。

倉庫の少し手前で、BMWの後部座席からそっと降りたジェニファーは、しなやかな身のこなしで物陰に隠れ、夢野がこの車に乗るタイミングを見計らって、さっき倉庫に侵入した。

もちろん、ジェニファーには本当のことは告げていない。ヤクザの美人局《つつもたせ》にあった、

《スラッガー》の常連客を助ける作戦ということになっている。ジェニファーは、酔っている勢いも手伝って、ノリノリで承諾してくれた。

ガチャリという金属音にマッキーは助手席を振り返った。

夢野が、背広の下からショットガンを出したのだ。

何？　それ？


「死んでるなんて聞いてないし！」

突如、現れた金髪の美女が吠えた。「美人局でここまでやる⁉」

金髪の美女は、三郎たちの哀れな姿に目を剝き、青ざめた顔でフラフラとよろめいた。今にも失神しそうだ。

美人局？　何のことだ？

「とりあえず……マッキー先輩に連絡するから、ちょっと待ってね」金髪の美女が、三郎に言った。

マッキー？　マッキーの知り合いか？　よく見ると、女にしては肩幅がでかい。オカマか……？　それにしては美しすぎる。整形ならば、かなり弄《いじ》ってるだろう。

その前に、早く、解いてくれ！　呑気《のんき》にも、ストラップがジャラジャラついたまっピンクの携帯電話を取り出した女に、三郎は叫んだ。もちろん、口を塞がれてるので唸り声しか出ない。

「出ないし！」女は、苛ついて電話を閉じた。

助けてくれると思いきや、じっと眉間にシワを寄せて、ただ三郎を見つめている。

「帰ったら、怒る？」

何、言ってんだ？　この女？　さっさと助けろよ！

「なるべくなら、関わり合いたくないんだけど……見なかったことにしていい？」

ダメに決まってるだろ！　そう言いたいが、出るのが唸り声じゃ、女は後ずさりするばかりだ。

泣くしかない！　三郎は、大粒の涙をハラハラとこぼした。実際、背中の後ろで実の兄が死んでいるのだ。いくらでも泣ける。

「えっ？」三郎の涙を見て、女の表情が変わった。「痛いの？」

三郎が、何度も頷く。

「……じゃあ、可哀相だから、縄を解くだけしてあげるね」女が近づいてくる。

酒臭い。酔ってるのかよ……いや、酔ってるぐらいでいい。普通の神経だったら、こんなところ、とっくに逃げ出しているだろう。

「血がつくんだけど……この服高いのに」

女が手を伸ばした時、表でショットガンの銃声が鳴った。


取調室に、二発の銃声が鳴り響いた。

花岡が胸を、篠塚が腹を押さえて倒れ込む。

取調室に戻ってきた二人を、カオルが撃ったのだ。

カオルは、花岡の背広をまさぐり、車のキーを取り出す。身体中をさぐったが、花岡も篠塚も、銃を持っていなかった。カオルは舌打ちをし、取調室を出た。女子トイレの個室に入り、窓を開ける。廊下から、銃声を聞いて駆けつける警官たちの足音が聞こえる。女子トイレは二階にあった。窓から真下を見下ろす。さっき確認した時と同じ場所にパトカーが停めてあった。窓から這い出し、パトカーの屋根に向かって飛んだ。衝撃と共に、駐車場のアスファルトに転がり落ちる。左の足首に衝撃が走るが、カオルは歯を食いしばって起き上がった。

お姉ちゃんに会いに行くんだ。

護送されたパトカーの中で、麻奈美が病院に運ばれたと聞いた。

もうすぐ赤ちゃんが生まれる。きっと、お姉ちゃんは、お腹を痛めて私を待っている。赤ちゃんは見れなくてもいい。お姉ちゃんの顔さえ見られたらいい。その後に死のう。

カオルは、捕まる寸前のエレベーターの中で、今日、自ら命を断つことを心に決めた。ただ、最後に一言、お姉ちゃんに伝えたい言葉があった。それを言うまで、死ぬわけにはいかない。

駐車場を見渡し、花岡の車を探す。どれだ？

カオルは、リモコンキーを色々な方向に向けて押した。シルバーのマークIIが、ガチャリと音を立ててロックを解除した。

フロントガラスが砕けた。

夢野が、突然ＢＭＷの中でショットガンをぶっ放したのだ。轟音と、砕け散るガラスに、マッキーは飛び上がるほど驚いた。実際、飛び上がって車の屋根に頭をぶつけたほどだ。

おしっこ、ちょっとチビったじゃない……。

夢野の手で黒光りする凶器をチラ見する。

……あ、ありえないんだけど。

銀行員風のルックスとのアンバランスさが、奇妙な恐怖感を覚えさせる。

……本物？　映画の中でシュワちゃんが持ってるのしか見たことないし……。

「な、何、撃ってんのよ！　狭いとこで、そんな物騒な物出さないでよ。ガラスが全部なくなったじゃない」

「気にしないでください。神崎の車ですから」

「人の車なの？」

「人の車じゃないと撃てませんよ」

「こんな車で運転なんてできないわよ！」

たぶん、今の音は、倉庫に進入したジェニファーにも聞こえただろう。彼女が驚いて飛び出してこないことを祈った。が、祈り始めた瞬間に、倉庫の扉が開いた。

な、何、してんのよ！

ジェニファーは、扉の隙間から表を覗き、キョロキョロ見回す。その仕草は、まるでアルコール依存性のリスのようだ。

隣の夢野が、何に怒って発砲したのか見当もつかないが、狂っていることは間違いない。

一刻も早く、可愛い後輩から引き離さなければ。

だが、ジェニファーの行動は、マッキーの予測を超えていた。

運転席のマッキーを見つけると、手を振りながら走ってきたのだ。「マッキー先ぱ〜い！　今の音は何ですか〜？」

マッキーは、ジェニファーが整形する時、『ジェニファー・ロペスとキャメロン・

ディアスのいいとこ取りで』と医者に言ったのを思い出した。

　常識が通じないんだったわ、あの子……。

「これは、これは」

　夢野が、走ってくるジェニファーに銃口を向けた。


　三郎は、幸二の胸に刺さったナイフを抜いた。

　血が吹き出すかと思ったが、どろりと流れ出ただけだった。赤黒い血が、倉庫の床に染みを作り出していく。

　……兄貴……仇は取るからな……。

《眠り薬》を盗んだ濡れ衣を、誰が俺たちに着せた？　誰だ？　必ず俺が見つけ出してやる……。

　まずは、夢野だ。あの狂人を倒すのが先だ。警察に通報はしない。俺が殺す。あいつだけは絶対に許すわけにはいかない。

ジェニファーと名乗ったマッキーの後輩は、三郎の縛りを解くなり、倉庫から飛び出していった。

「敵はショットガンを持ってるぞ！」と警告したのだが「わかったわ。気をつける。マッキー先輩を助けなきゃ」と言って、ヒールを脱いで出ていったのだ。

あの女、異常に酒臭かったけど、判断力を失うくらい酔っているのか……それとも馬鹿なのか……。

ただ、まともに夢野に向かっていったとしてもやられるのは、俺も同じだ。

どこから奇襲をかける？　三郎は、倉庫の中を見回した。

あそこか……。三郎は、夢野が入ってきたロフトに目を留めた。

足を引きずりながらロフトを目指す。心身共に限界だったが、復讐《ふくしゅう》の気持ちが三郎を動かした。

何だ？　あれは？　倉庫の壁に、細長い棒状の物が数本立てかけてある。鉄パイプだ。武器になる物なら何でもいい。三郎は、鉄パイプを手に取り、ロフトに上がった。

二階の窓から、夢野の様子を確認する。

最悪だ。

マッキーとジェニファーが、ＢＭＷの前で両手を上げている。

夢野が、ショットガンで二人のどっちから撃とうか選んでいるところだった。


カオルの運転する車が、ガードレールを擦《こす》った。

運転免許は持ってはいたが、まだ数回しか運転したことがない。事故ることなど考えてはいなかった。ことごとく赤信号を無視して麻奈美が待つ病院へと急ぐ。

まだ警察は追いかけてこない。

私が花岡の車を奪ったことに気づいていないのかもしれない。だが、それも時間の問題だとわかっていた。わかっているからこそ、アクセルを踏み続けるしかない。

猛スピードで角を曲がり、タイヤが悲鳴を上げた。車はコントロールを失い、ケツを自動販売機に引っ掛ける。後ろのトランクで、荷物がバウンドする音が聞こえた。

商店街が見えた。

ここを突っ切れば、大幅に病院までの道をショートカットできる。カオルは、迷うことなく、商店街に車を突っ込んだ。焼き鳥屋から出てきた親父が、轢かれそうになって腰を抜かす。「馬鹿野郎！　どこ走ってんだよ！」もう朝方で、まだ営業している店舗なんてほとんどないはずだが、前方に人だかりが見える。

二人組の路上ミュージシャンの青年たちが、愛の唄をハモっていた。ファンの女の子らしき集団が写メールを撮ったり、黄色い声援を上げたりしている。「僕たち、『熱烈パラシュート』のメジャーデビューが決定しました！」黄色と白のボーダーを着た浪人生のような青年が、アコースティックギターを掻き鳴らしながら叫んだ。「でも、僕たちは、いつまでもこの路上のライブを忘れません！　今まで応援してくれてありがとう！」ピンクのポロシャツを着たコンビニ店員のような青年が、タンバリンを激しく鳴らす。「では、最後の曲です。聞いてください！　自然体のラブソングです。『恋は空から』」

そこにカオルの車が突っ込んだ。

車はスピンをしながら、ギャラリーの女の子たち諸共、ミュージシャンの青年たちを撥《は》ね飛ばすと、八百屋のシャッターに激しく衝突し、煙を吐き出しながら動かなくなった。

衝撃で、後ろのトランクが開いた。

車の激突を免れたはずのギャラリーたちが、バタバタと倒れだした。

何？　トランクに何か入ってる？　カオルは、運転席から出て、遠目からトランクの中を覗いた。

木箱の中で、《眠り薬》の瓶が何本も割れていた。


……ジェニファーの馬鹿。

マッキーは、夢野にショットガンを突きつけられて、顔を引きつらせた。

「あの銃、本物ですか？」ジェニファーがマッキーに小声で囁《ささや》く。

「もちろん、本物ですよ。試してみますか？」

思いっきり、夢野に聞こえていた。酔っているやつというのは、概して声がでかい。

こんな酔っぱらい、連れてくるんじゃなかったわ……。

「あなたは何者ですか？　自己紹介をお願いします」夢野が警戒した目で、ジェニファーを見る。

「ジェニファーよ」

そのまんまじゃない！

「……本名は？」夢野が眉をひそめ、ショットガンを構え直した。

あんた、本当に撃たれるわよ。

「言わなきゃダメですかね？」ジェニファーが、また小声でマッキーに訊いた。

もちろん、夢野に丸聞こえだ。「撃たれたくなきゃね」

「『太』っていうんです」

ジェニファーの本名を知ったのは四年前。ショーパブの楽屋だった。

「え？　何が？」マッキーが、メイクを直しながら訊き返す。

「私の本名です」

「名字は？」

「『太田』です」

「は？　じゃあ……『太田太』？」

「はい。上から読んでも下から読んでも『太日太』です。私が女になろうとした原因はこの名前です」

「誰が付けたの？」

「お父さんが……とにかく男らしい人で……日本拳法の師範代なんです」

「日本拳法？」

「格闘技です。自衛隊や警察も逮捕術に使うんですけど……お父さんは、自衛隊の基地で教えてました」

「すごいわね」

「そんな人だから、私に太く逞《たくま》しく育って欲しかったんでしょうね」

「じゃあ、ジェニファーも日本拳法できるの？」

「四段です。誰にも言わないでくださいね。モテなくなるから」

ジェニファーが舌を出して笑った。

「太田太？　これはこれは立派な名前ですね」夢野が笑った。

マッキーはジェニファーの足元を見た。裸足だ。この子、何をやらかす気なの？

銃口が逸れた一瞬の隙を狙って、ジェニファーが稲妻のような速さで夢野の前に踏み出した。

三郎は、一瞬、目の前で何が起こったのか理解できなかった。

二階の窓から、夢野にショットガンを突きつけられている二人をハラハラと見ていたのだが、突然、夢野が後方に吹っ飛んだのだ。夢野の体は、まるで車に撥ねられたかのように高く舞い上がった後、地面にバウンドして動かなくなった。ショットガンも吹っ飛び、地面に転がっている。

蹴り……？

ジェニファーが片足を上げたポーズで制止している。

空手？　明らかに格闘技の達人のキレだ。横にいるマッキーが腰を抜かした。

「さあ！　マッキー先輩！　逃げますよ！」

「あんたっ！　何考えてんのよ！　素手で何やってんの！」

「日本拳法は素手でやるもんですから」

「びっくりして動けないわよ！」

「早く、逃げましょう！」

「その前にサブちゃんを助けなきゃ！」

ジェニファーが、肩を貸し、びっくりして尻もちをついたマッキーを起こした。二人で倉庫の入り口に向かって歩きだす。

助かった……。

二人が、倉庫に入ってくると、三郎の位置からは見えなくなった。

その時、ホラー映画のワンシーンのように、音もなく夢野が立ち上がった。いや、ホラー映画なら派手な恐怖音が鳴り響くところだ。

「あれ？　サブちゃんは？」

「逃げたんじゃないですか？」

「入り口はここしかないじゃない！」

足元から二人の声が聞こえてくる。ジェニファーとマッキーは、夢野が起き上がったことに気づいていない。

夢野が、ショットガンを拾った。

ヤバい……。

「裏口とかが、あるんじゃないですか？」

「探すわよ」

マッキーたちが、倉庫の奥へと入っていく。夢野が、ゆっくりと倉庫へと歩いてくる。マッキーたちに知らせるか？

……ダメだ。ジェニファーがいくら強いと言っても、手足の届かない距離からショットガンで狙われたらどうしようもない。

どうする？……そうだ、夢野は、頭上の俺に気づいていない。

三郎は、さっき幸二の胸から抜いたナイフを持っていた。そして左手には鉄パイプ。ナイフと鉄パイプを見比べた。ナイフの柄を鉄パイプの穴に差し込んでみる。すっぽりとはまった。槍《やり》だ！　槍ができた。思いっきり、即席だが。

三郎は、窓から槍を構え、夢野が真下に来るのを待った。

意味わかんないんだけど……。

カオルは、花岡の車のトランクに積まれている、《眠り薬》を凝視した。《業者》の商品が、なぜ、刑事のトランクに入ってるわけ？

カオルの起こした事故で、商店街がちょっとしたパニックになっていた。

カオルは、意識を失って倒れている家出少女の携帯電話と鞄《かばん》を奪った。ガイコツのロゴがいくつも入っている。財布もあったが、たいした額は入っていない。

トランクから、割れていない《眠り薬》の瓶を数十本、次々と取り出して、鞄に詰め込んでいった。

どんどん、ヤジ馬たちが集まってくる。

「誰だよ！　俺たちのストリートをメチャクチャにした奴は！」ドレッドヘアーの少年が興奮して言った。

目撃者の若者が、カオルを指す。

「ざけんなよ！」ドレッドがカオルに摑みかかった。「お前のせいで踊れなくなったらどうするんだよ！　俺たちにとってはここがステージなんだぞ！　それを奪うのかよ！」

カオルは、息を止めて、瓶のフタを開け、ドレッドの顔に近づけた。

「シンナーなんていらねえよ！　ぶっ飛ばしゅじょ……」ドレッドは威嚇《いかく》の途中でろれつが回らなくなり、白目を剝いてドサリと倒れた。

ヤジ馬の輪が叫声を上げる。「倒しやがった！」「ありえねえ！」「魔法かよ！」

カオルが歩きだすと、海が割れるようにヤジ馬たちが道を開けた。

商店街を出てタクシーを停めた。

麻奈美が待っている病院の名前を運転手に言った。

「えっと……そんな病院あったかな……」運転手が地図を取り出して調べ始める。ろくに調べもせず運転手が舌打ちをした。

「住所わかんないの？」カオルは、また息を止め、瓶の蓋を開けた。

気絶した運転手を道路に放り出して、カオルはタクシーの運転席に座った。

……何？　あれ？

マッキーは、倉庫の床でうつ伏せに倒れている幸二を見つけた。体の下に血だまりが広がっている。

「嘘……」マッキーが口を押さえて言った。

「私が来た時には、すでに……」ジェニファーが顔を伏せる。

「殺すなんて……」

「マッキー先輩、これ、本当に美人局なんですか？」ジェニファーが、マッキーの肩を揺さぶった。

「巻き込んでごめんね……」

「やっぱり嘘だったんだ」

「騙《だま》すつもりはなかったのよ。どうしても……助けの手が必要で」

「……さっきの男がやったんですか？」

「たぶんね……」

「……ヤクザですか？」

「その逆よ」

「え？」ジェニファーが、目をパチクリとさせる。

「刑事よ」

「まさか……」

「本当なの」

ふと振り返ったマッキーの目に、三郎の姿が飛び込んできた。ロフトで、細長い棒を持って、二階の窓から外をうかがっている。

……槍？　鉄パイプの先に刃が見える。ナイフ？　手作り？

魚突きの漁師の如く、槍を構えて、窓から身を乗り出している。

サブちゃん、何がしたいの？　そう言いそうになって、息を飲んだ。倉庫の入り口に、夢野が立っていた。もちろん、ショットガン付きだ。

夢野は、マッキーと目が合いニヤリと笑った。ジェニファーは、まだ気づいていない。そして夢野も、頭上の三郎に気づいていなかった。

サブちゃん！　今よ！

三郎が、狙いを定め、大きく槍を振り上げた。

カツーン。

虚《むな》しいほどの金属音が、倉庫に響いた。三郎の鉄パイプの先から、ナイフだけが落ちた。

夢野が上を向いた。いともたやすく三郎は見つかってしまった。

サ、サブちゃん……。

何やってんのよ！

な、何でやねん……。

三郎は、鉄パイプの先から落ちたナイフを恨んだ。

夢野が顔を上げる。三郎が後ろに飛んだ。破裂音。窓のガラスが砕け散る。夢野が真上に向かってショットガンを撃ったのだ。

逃げたはいいが、勢いよく飛びすぎた。そこは空中だった。三郎はロフトから飛び出してしまった。

俺、落ちる？

重力の法則通り、三郎は一階の床に落ちた。上から落ちるの、今日だけで二度目だ。後頭部をしこたま打ちつける。

「キャアー!!」マッキーの悲鳴の中で、三郎は意識を失った。

激しい揺れに、三郎は目を覚ました。何も見えない。真っ暗闇だ。そして、異常に息苦しい。どうやら箱のような物に閉じ込められているらしい。そしてガソリンの匂い……？

車のトランクだ。一体どうなった？

マッキーと後輩のオカマは？　間違いなく、運転しているのは夢野だろう。となると……二人が無事でいるとは思えない。俺をどこに連れていく気だ？　頭が痛い……。

三郎は混乱する思考の中で、トランクの中を手さぐりで探った。見事に何もない。背広の内ポケットにあるモンキーレンチが唯一の武器だ。

車が停まった。

三郎はモンキーレンチを取り出して、汗ばむ手でギュッと握った。

カオルは、麻奈美が運ばれた市民病院へと、タクシーを走らせた。タクシーが揺れる度に、助手席に置いた鞄から、《眠り薬》の瓶が触れ合う音がする。

うっすらと空が明るくなってきた。もう夜が終わる。

携帯電話が鳴った。さっき家出少女から奪った電話だ。カオルがハンドルを片手に電話に出る。

「あのー、うちのケータイ返してもらえますか？」弱々しい声が言った。家出少女だろう。「ケータイないと、マジ困るんで……あと、財布も……」

カオルは、何も答えず電話を切った。待ち受け画面を見た。少女と友達三人との写真だ。少女は、友達に囲まれて嬉しそうにおどけている。

カオルはタクシーを停めた。涙で急に前が見えなくなったからだ。カオルは、なぜ自分が泣いているのかわからなかった。突然、両目から止め処なく涙が溢れてきた。悲しいわけでも、心を動かされたわけでもなかった。少女たちのあどけない笑顔を見た途端、何の感情も起こったわけでもないのに、涙腺だけが動いた。

カオルは、自分の泣き顔をバックミラーで見て驚いた。そのあどけない泣き顔は、まるで別人のように見える。

あんた、なんで泣いてんの？

鏡の中の自分に訊いたが、鏡の中の自分は何も言わずに泣き続けるばかりだ。

スーツ姿の酔っぱらいが近づいてきて、タクシーの窓を叩いた。「おい、開けろや」酔っぱらいが運転席を覗き込む。泣いているカオルを見ると、驚いた声を上げ、不思議そうな顔で訊いてきた。「だ、大丈夫？」

カオルは、もう一度バックミラーを見た。

涙は止まっていた。

「どこに連れていくのよ？」

マッキーは、ＢＭＷの後部座席から夢野に訊いた。夢野はハンドルを握ったまま何も言わない。フロントガラスが割れているので、風がビュウビュウと入ってくる。

トランクがガタコトと鳴った。

三郎が閉じ込められているのだ。


倉庫のロフトから三郎が落ちた瞬間、ジェニファーがマッキーを突き飛ばした。夢野が、こっちを狙ったのだ。紙一重の差で、ショットガンの銃撃から身をかわした。

マッキーは、かわしたと言うより、倉庫の床にヘッドスライディングしていた。

も、ものすごく痛いんだけど！

気絶した三郎の手から鉄パイプが転がってくると、ジェニファーが、猫のような俊敏な前転で鉄パイプを拾い上げた。すかさず夢野が、ショットガンの銃口でジェニファーを追う。今度こそオシマイかも……。

カチャリ。

弾が出ない。切れたのだ。夢野が苛立ち、ショットガンを投げ捨てる。

ジェニファーが、鉄パイプを構えた。

と、マッキーたちの想像に反して、夢野が踵《きびす》を返してBMWの方に走りだした。

「え？」マッキーが裏返った声で言った。

「武器を取りに行ったと思います」

「……まだあるの？」

「あると思います」

「ショットガンよりもすごいの？」

「だと思います」

「……どうしよう？」

「逃げましょう！」ジェニファーが、倉庫の入り口へとダッシュした。

「そ、そっち？」

「出入り口は、こっちしかありません」

マッキーは、鉄パイプを片手に猛然と走るジェニファーを見て思った。勇敢すぎるんだけど……。そして、足が速すぎるんだけど！

「ちょっ……ちょっと待ちなさいよ！」

ジェニファーは、マッキーを置いて倉庫を出ると、遥《はる》か彼方《かなた》まで走り去っていった。

「残念でしたね」夢野はＢＭＷのトランクから、金属バットを出し、マッキーの前に立ちふさがった。

金属バット？

鉄パイプでも戦えたじゃん！


車が停まってから、ゆうに五分が経過している。

三郎は暗闇の中で、モンキーレンチを手に緊張して待っていたが、トランクが開けられる気配はなかった。耳を澄ますが、何も聞こえてこない。

エレベーターの次は、トランクかよ……。もう密室はごめんだ。

車が動いた。ゆっくりと前進している。エンジンがかけられた音はしなかったのに……。……ってことは、つまり人が押している？　夢野か？　一人で動かしているのか？　何のために？

嫌な予感に全身から脂汗が吹き出す。

トランクが傾いた。車が斜めになっている？　坂？　速い？　落ちた？

車が加速した。激しくバウンドしてトランクの中で頭をぶつける。三郎は舌を噛まないように歯を食いしばった。車は急な坂を下っている。運転手がいないまま？

ジャポン！

車がどこに落ちたのか、音ですぐにわかった。水だ。

川？　俺は車ごと川に落とされたのか？

倉庫のある工場地帯は川沿いにあった。そんなに深い川ではなかったと思うが、トランクに閉じ込められている三郎にとっては、洒落《しゃれ》にならない展開だった。

車はいったん浮かんだが、すぐにズブズブと沈んでいくのがわかった。

水が入ってきた。

闇と水。

こりゃ死ぬな……。

三郎はダメもとで、渾身《こんしん》の力でトランクを蹴り上げた。

ここにお姉ちゃんがいる……。

カオルはタクシーを市民病院の前に停めた。

《眠り薬》の入った鞄を肩にかけてタクシーを降りる。

病院の入り口に向かって歩きだしたその時、一台の救急車がサイレンを鳴らしてやってきた。カオルは咄嗟に、タクシーの陰に身を隠す。

救急車が病院につけられ、救急隊員によって慌ただしく患者が降ろされた。花岡と篠塚だった。

二人はストレッチャーに乗せられ、病院内へと運ばれていった。

病院の廊下は長く、消毒液の匂いが、カオルに嫌な記憶を思い出させた。

もし、自分が捕まれば……またあの病院に戻される……。体がだるくなる薬を打たれ、真っ白な何もない部屋に閉じ込められる。あそこには帰りたくない。帰るぐらいなら死んだ方がマシだ。

　廊下の先から一人の看護師が歩いてきた。カルテを持って小走りで急いでいる。カオルとすれ違いざまに、明らかに怪しんでいる目つきで見てきた。

「ちょっと、あなた！」看護師が後ろから声をかけてきた。「……何してるの？　今運ばれてきた患者さんの家族の方？」

「違います」カオルが振り向きながら息を止めた。

「何？　その瓶は？　どこから取って……」看護師は言い終わらないうちに気を失った。

　カオルは廊下を見渡した。誰も見ていない。

　看護師を引きずって、女子トイレに入った。

　ナース服は少し大きかった。トイレの鏡を見る。おかしくはない。これでお姉ちゃんを探しやすくなるだろう。だが、個室のトイレに閉じ込めている看護師がいつ目を覚ますかわからない。

　カオルは廊下に出た。

ポケットの《眠り薬》がカチャリと鳴った。


「さて、これでよしと」夢野が大げさに手を叩いた。

サブちゃんが死んじゃう……。

マッキーは、川底に沈んでいくＢＭＷを見ながら、ガクガクと膝を震わせた。悔しくて涙がこぼれた。本当なら、夢野が沈んでいたはずなのに……。

夢野は、マッキーの作戦を見透かしたかのように、何の躊躇もなくＢＭＷのサイドブレーキを外し、堤防から川に落としたのだ。

「うまくいきましたねー。途中で止まったらどうしようかと思いましたよ」夢野が憎たらしいほどの笑顔でマッキーを見る。

「この人殺し！」

「嘘をついた罰です」夢野がゾッとする声で言った。

「嘘って何よ……」

「私は嘘を許しません。だからわざとあなたの目の前で安井三郎さんを殺しました」夢野が足を一歩踏み出した。

「人間は一度嘘をつくと、必ず二度目の嘘をつくことになります」夢野が、もう一歩足を踏み出す。手に持っている金属バットが鈍く光った。

「そのうち、嘘をつくのが当たり前になります」すでに、マッキーを見て話してはいなかった。「そして最後には自分が嘘をついていたことも忘れてしまう」

この男狂ってる……。

次は自分の番だ。

マッキーは、腰が抜けそうになるのを必死で堪えながら堤防沿いを逃げた。生まれたての鹿が猛ダッシュしたような格好でカックン、カックンと走る。

夢野が大笑いしながら追いかけてきた。目と口の中が燃えるように赤い。まるで鬼だ。

砂利が、砂利が滑る！　マッキーは、思いっきり転び、両膝と顎を擦りむいた。い、痛すぎるって！　今日は痛いことばっかり！

「もっと逃げてくださいよ！」夢野は金属バットを頭の上で振り回した。

殴り殺されるの？

イヤ！　ブサイクに死にたくない！

三郎は、いまだかつてこれほどの恐怖を体感したことがなかった。

容赦なしにトランクに入ってくる水。背中が冷たいのは水だけのせいではなかった。

何とか、トランクのドアを蹴り上げようとするが、体勢が悪く、うまく足を使うことができない。

今度は足を諦め、両手を使って渾身の力で押したが、ビクともしない。

出てくれ！　火事場のクソ力！

いや、水場か？

どっちでもいいわ！　とにかく脱出しなきゃ、マジで死ぬやんけ！

もう一度、ありったけの力でトランクを押した。ダメだ。血管が切れそうだ。いっそのこと、脳の血管が切れて死にたい。溺《おぼ》れ死ぬより、マシなのでは……。そうこうしてるうちに、水の浸入がトランクの三分の一まで達した。切れろ！　血管！　三郎は、トランクのドアも押さずにキバり始めた。

むむむむむむむ！　ダメだ！　キバってもキバっても血管は切れそうにない。俺は、将来、脳溢血《のういっけつ》で死ぬことはないな……。ってそれどころじゃないだろ。このままだと溺れ死ぬんだよ！

どんどんと水が入ってくる。工場の横のせいか、川の水が臭い。苦しい上に臭いのか……冗談じゃないぜ！　考えろ！　考えるんだ！　三郎！　舌を嚙むってのはどうだ？　苦しいのか？　苦しいと言うより痛そうだぞ？　溺れ死ぬのと、どっちがいい？　そもそも舌を嚙んで本当に死ねるのか？　舌を嚙んだらなぜ死ぬんだ？　嚙み切った舌が咽に詰まるから？　おいおい！　窒息には変わりないじゃんかよ！

三郎がマイナスの発想をスパイラルしてるうちに、水はとうとうトランクの半分を超えた。

ヤ、ヤバイ……。

そうだ！　三郎は、やっとモンキーレンチの存在を思い出した。簡単に脱出できるとは思えないが、素手よりはマシだろう。

あれ？　どこにやった？　さっきまで確かに握りしめてたと思うが……。


カオル……カオル……。

病院のどこからか、お姉ちゃんの声が聞こえた気がする。カオルは、広い病院の中を、声の聞こえた方へと歩き続けた。

カオル……カオル……。

地獄だったあの日々。お姉ちゃんの声だけが、生きるすべてだった。閉ざされた部屋。引きこもりだったあの頃。ドアの向こうの世界は歪んで、腐っていた。

『カオル！　カオル！』

お姉ちゃんの声と階段を登ってくる足音。その時だけ、部屋のドアを開いた。お姉ちゃんは家に帰ると、まず私の部屋に来てくれた。他愛のない話をするだけで、お姉ちゃんは決して『部屋から出ろ』と言わなかった。しんどかったら、無理しなくてもいいよ。お姉ちゃんの目は、いつもそう語っていた。

病院の一階にお姉ちゃんはいない。

カオルはエレベーターに乗り、二階に向かった。

マンションのとは比べ物にならないくらい大きなエレベーターだ。エレベーターの中は消毒液の他に、何か独特の匂いがする。血の匂い……？　カビの匂い……？

わかった。死の匂いだ。

カオル……カオル……こっちに来ちゃダメ……。

お姉ちゃんの声が言った。

エレベーターが二階に着き、ドアが開いた。廊下に二人の警官が立っていた。じろりとエレベーターの中のカオルを見たが、ナース服のおかげで気づいてないようだ。

カオルは警官たちに軽く会釈をし、エレベーターを降りた。警官たちも会釈を返してくる。

間違いない。この階にお姉ちゃんがいる。

キレイに死にたい！

マッキーは、金属バットで顔を潰されてなるものかと砂利道の石を拾い上げ、手当たり次第に夢野に投げつけた。そのうちの一個が夢野の額に命中した。

パカッ。乾いた音。

夢野の額が割れ、血が流れ落ちる。

やった！　もう一発喰らいなさいよ！　こう見えても、元野球部よ！

マッキーは、テニスボール大の石を拾い、スナップを利かせて夢野の顔面にスローイングした。

カキン。金属音。

夢野が石を弾き返したのだ。嘘……あんたも野球部？

「久しぶりです」夢野が金属バットを構えて言った。

「な、何がよ！　バットを持つのが？」マッキーが恐怖を堪えて訊き返す。

「いいえ。人を殴り殺すのがです」夢野がフルスイングでマッキーの左膝を殴った。

あまりの痛さに、一瞬、頭の中が真っ白になった。マッキーの絶叫が河原に響く。泣き叫びながら、夢野の足元で転がりながらもがいた。少しでも気を緩めれば失神してしまいそうだ。

骨折れた？　折れたわよね……。この人、私をなぶり殺すつもりなのね。

マッキーは覚悟を決めた。死ぬ覚悟ではない。血を見る覚悟である。もちろん、その血は、自分の血ではない。

夢野の血だ。

マッキーは、ポケットに隠していたアイスピックを取り出した。《スラッガー》から持ってきていたのである。自分が人を刺すなんて考えられなかったが、一応の武器としてポケットに忍ばせていたのだ。

使うなら今よね。

マッキーは、夢野の右足の甲にアイスピックを突き刺した。

今度は夢野が悲鳴を上げる番だ。

ヤバイ！　ヤバイ！　ヤバイって！

ついにトランクの中の水が三分の二を超えた。

「誰かー！　助けてくれー！」三郎は我を忘れ、力の限り叫んだ。

今夜、閉じ込められて助けを呼ぶのは二回目だ。

一回目は、演技だったが……。あのマンションのエレベーターで、必死の形相で助けを呼ぶ小川を心の中で笑った罰だろうか。

「誰か！　誰か！　お願い！　お願い！」涙がポロポロこぼれてきた。もう、水に浸かってないのは肩から上だけだ。

血だらけの望月の顔が浮かぶ。これは望月の呪いだろう。

水が顎に触れた。もう……ダメだ。兄貴、ごめん……。仇が取れなかったよ。お母さん……先逝《さきゆ》く親不孝な俺たちを許してください……。

その瞬間、鍵の音と共に、いとも簡単にトランクが開いた。大量の水が流れ込んできて目が開けられない。

誰かに首根っこを摑まれて、ものすごい力で水面へと引き上げられた。

「生きてる？　死体じゃないよね？」ジェニファーだった。「マッキー先輩は？」

三郎は、何が起こったかわからず、何度も首を横に振った。

「マッキー先輩はどこよ！　助けたんだからしっかりしてよね！」

「わわわわわかんない」恐怖から解放された安堵《あんど》感で口がガクガク震えてうまく喋れない。

「一人で泳げる？」ジェニファーの問いかけに、三郎は、さらに激しく首を横に振った。

「カナヅチなの？」

「せせ背泳ぎしかできない」

「じゃあ、背泳ぎで岸まで辿《たど》り着いて」ジェニファーが離れようとしたので、三郎はガバッとしがみついた。

「離してよ。マッキー先輩を助けに行かなきゃなんないだから」三郎の腹に、ジェニファーの正拳突きが刺さった。

さっそうとクロールで去っていくジェニファーを横目で眺めながら、三郎はあまりの痛さにブクブクと水中に沈んでいった。


カオルは警官たちの間をすり抜けて、疑われない程度の小走りで急いだ。

廊下の奥の部屋の前に、別の警官が立っている。

……見張り？

あの部屋だ。あの部屋にお姉ちゃんがいる。問題はどうやってあの部屋に近づくかだ……。

見張りの警官は、まだカオルに気づいていない。足どりを少し緩める。ポケットの中の、《眠り薬》をいつでも使えるように手に取った。

見られてる？　カオルは視線を感じて周りを見まわした。

廊下に入ってすぐのナースステーションから、中年の看護師が見ていた。眉をひそめて、カオルの顔を見ようとしている。

どうする？　このまま、通り過ぎるか？　ナースステーションに入っていって気絶させるか？

中年の看護師は、カオルの顔を確認しようと、胸のポケットからメガネを取り出した。不審に思われているのは間違いない。

「おしっこー」突然、目の前の病室から、五、六歳の男の子が目を擦りながら出てきた。カオルを看護師と思い込み、抱きついてくる。カオルは自然な動きで男の子を抱き上げた。うまく、男の子の体で顔が隠れるように。

「トイレに行こうねー」カオルは、男の子の背中を優しく叩きながら、トイレの表示を探した。

どこだ？　どこだ？

あった！

廊下の中間ぐらいにある。これで、見張りの警官にも疑われずにお姉ちゃんの部屋に近づくことができる。

「漏れちゃうよー」男の子が甘えた声を出した。「はいはい。我慢してねー」カオルは、男の子を抱えたままトイレへと急いだ。

ナースステーションから中年の看護師が追ってくる気配はない。

見張りの警官が、男の子を抱いているカオルを見て、微笑《ほほえ》んできた。カオルも笑みを返す。

その時だった。カオルの耳に赤ん坊の泣き声が聞こえてきた。

「何しやがんだ!!　このクソがぁぁ!!」

夢野は、足の甲をアイスピックで刺され、発狂したかのように叫び続けた。目を剝き、今までの丁寧な言葉遣いとはうって変わって、汚らしい言葉で罵り出した。

「おめぇみてぇなチンカスはいつでも殺せたんだよ!!　調子に乗りやがって!!　地獄見せんぞ、ゴラァ!!」夢野が金属バットをグルグルと振り回した。

乙女に向かって、チンカスはないでしょ！

左足の激痛に歯を食いしばり、夢野の両足にしがみついた。

マッキーは学生時代、体育の柔道が苦手だった。男の子たちの体に触れるのも恥ずかしかったし、暴力的なことも嫌いだったから。

朽木《くちき》倒しだっけ？　夢野の両足を掴んだまま、自分の体重を預けた。唯一、使える技だ。

「うおっ!?」夢野が背中から倒れた。瞬間的に受け身を取ったので金属バットを離した。カランカララと音を立てて、砂利道を転がる。

が、全くダメージを与えることができなかった。

「何、刑事相手に柔道かけてんだ!?」夢野が吠える。

刑事って、あんた、ど悪党でしょ？

夢野が倒れたままの姿勢で、足にしがみつくマッキーの髪の毛を掴んだ。

「痛いぃ！　痛いわよ！」マッキーが泣きそうな声を出す。

ブチブチと髪の毛が抜ける音がした。「やめてよ！　ハゲる！」マッキーが、思わず両手で夢野の手を押さえた。

足が自由になった夢野は、下からマッキーの顎を膝で蹴り上げる。

脳が揺れたじゃない……。マッキーは、グラグラする頭で、酔ってるみたいに地面の感覚がわからなくなった。

「本当の柔道教えてやるよ」夢野が強引にマッキーを立たせた。「これが背負い投げだ」

胸ぐらを摑まれたと思った瞬間、したたま砂利道に叩きつけられた。受け身の取れないマッキーは、もろに後頭部を地面に打ちつけた。「痛てえええ！！」

夢野が足の甲に刺さっているアイスピックを自ら抜いた。

「両目をえぐってやるよ！」


ジェニファーに殴られたみぞおちの痛みを堪え、三郎は川の中でバシャバシャと背泳ぎを始めた。服が重く、気を抜くと沈みそうになる。

空がぼんやりと明るくなっている。今、何時だよ……。

ジェニファーは、マッキーを助けると言っていた……。

夢野は？

もしかすると、この背泳ぎは、夢野のショットガンの格好の標的ではないだろうか？　水しぶきをあげて、『ここにいますよ～』とアピールしているのと一緒だ。

三郎は、泳ぐのをやめた。せっかく、ギリギリのピンチから脱出したのだ。慌てて死ぬことはない。

平泳ぎ……練習しておくんだった。三郎は仰向けで水面にプカプカと浮かびながら悔やんだ。

「両目をえぐってやるよ！」

夢野の声だ。方向はわからないが、そんなに離れていないのは確かだ。

えぐる？　誰に言ってるんだ？　マッキー？　えぐるって……どんな凶器で？　ショットガンじゃないのか？　そもそも、俺が倉庫のロフトから落下した後、なぜショットガンで殺さなかった？

三郎は、覚悟を決めた。高く、高く、水しぶきをあげて、力強く背泳ぎで岸へと向かった。

無謀な賭《かけ》かもしれないが、ショットガンはもうない。高校以来の親友が失明させられようとしているのだ。ここで、助けに行かなきゃ男じゃない。

マッキー、死ぬな！　この悪夢が終わったら、また昔みたいに一緒にキャッチボールしようぜ。

必死に泳ぎ、ようやく岸に辿り着いた。マッキーと夢野はどこだ？

いた！

堤防の上に夢野とマッキーが見えた。夢野がマッキーに馬乗りになって襲いかかっている。

ただ問題なのは、三郎が反対側の岸に着いてしまったことだ。


赤ちゃん？　お姉ちゃんの子供？

……生まれたんだ。

カオルは、赤ん坊の泣き声に足を止めた。

まず、見張りの警官に怪しまれないように、この男の子をトイレに連れていかなければ。カオルは、今すぐに分娩室を覗き込みたい衝動を抑えて、廊下を九十度に曲がってトイレに入った。

「漏れる！　漏れる！」男の子が騒ぐので、ズボンを下ろしてやり、洋式のトイレに座らせる。

どうやって……見張りの警官を倒すか……。分娩室には、そう簡単に近づけそうにない。《眠り薬》はふいをつくにはもってこいだが、警戒している相手に嗅《か》がすのは難しいだろう。

「お姉ちゃん、見たことないね。名前なんていうの？」

「……カオル」

「僕、ユウキっていうんだ。それ、何のお薬？」ユウキが、カオルの手の《眠り薬》を指した。

「睡眠薬だよ」

「スイミンヤクって何？」

「よく眠れるためのお薬なんだ」

「へーえ……僕、全然寝れないんだ。怖い夢も見るし。それ、苦い？　ジュースの味する？」

「すっごく甘いよ。飲んでみる？」

「うん！」

カオルは、息を止め、ユウキの顔の前に瓶を近づけた。ユウキはあっと言う間に気を失った。ズボンを上げ、ユウキを抱え上げる。大きく息を吸い、廊下に再び出る。

見張りの警官は、身長はさほど高くはないが、いかつく盛り上がった肩と角張った顎、そして隙のない目つきをしていて、太い腕は格闘技に熟練しているのを感じさせる。

まともにやりあって勝てるわけがない。

「すいませーん」カオルが眠ったユウキを抱えたまま、見張りの警官の元へ走っていった。

何事かと警官が身構える。

「この子の様子が突然おかしくなったんです！」

「えっ？」警官は、戸惑いながらもカオルに近づいた。

「少しの間、持っててください」カオルが、ユウキの体を警官に預けた。

「ちょ、ちょっと……」ぐったりとしたユウキを抱え、警官がへっぴり腰になる。

警官の両手が塞がった。

カオルは、余裕を持って、《眠り薬》を警官の鼻の先へとやった。


夢野が、マッキーに馬乗りになってメガネを奪い取った。

アイスピックで体のどこでも刺せるはずなのに、あくまでも夢野の狙いはマッキーの眼球のようだ。

本気で目をえぐりとるの？

マッキーは、鋭く光るアイスピックの先を見て、あまりの恐怖で失禁しそうになった。

た、たこ焼きじゃないんだから！

「大人しくしろや！　このオカマが！」

目をえぐると宣言されて大人しくする人間がどこにいるのよ！

マッキーは夢野の手首を摑み、必死で抵抗を続けるが、徐々にアイスピックが眼球に近づいてくる。この細身の体のどこにそんな力があるのだろう。

六センチ……五センチ……四センチ……。

叫び声を出したいが、口を開けた途端、力が抜けそうだ。マッキーは、歯を食いしばり夢野の腕を押し返す。

あと、三センチ……。もうダメ。

マッキーは、瞼《まぶた》を閉じた。

ドガッ！　という衝撃音と共に、体にのしかかっていた重さが消えた。

「マッキー先輩、大丈夫ですか？」

目を開けると、そこにはずぶ濡れのジェニファーが立っていた。夢野は、三メートルほど先の、堤防の芝生にうずくまっている。

「何したの？」

「蹴りました。大丈夫ですか？」

「大丈夫じゃないわよ！　さっき、何で私を置いて逃げたのよ！」

「てっきり私の後ろをついてきてると思ってたんですけど……」

「あんたの足が速すぎるのよ！」

「ごめんなさい」ジェニファーがショボンと謝る。

「でも、助けてくれてアリガトね。もう少しで自分の美しい顔を鏡で見れなくなるとこだったわ」

「ちょっと離れててもらえますか？」ジェニファーが真剣な顔で言った。

「えっ？」

振り返ると、夢野がゾンビのように立ち上がっていた。右手に金属バット、左手にアイスピックを持っている。

「あんた、鉄パイプは？」

「走るのに邪魔なんで、途中で捨てました」

「素手で戦うの？」

「はい！」

何、元気よく返事してんの……もしかして、まだ酔ってる？

すっげえ……。何者だ、あのオカマ。

ジェニファーがマッキーに馬乗りになっていた夢野を、ものすごい前蹴りで吹っ飛ばした。さっきのクロールでの泳ぎっぷりといい、只者《ただもの》ではない。三郎はジェニファーに殴られたみぞおちの辺りを、痛そうにさすった。水中とは思えないほど重いパンチだった……。

マッキーとジェニファーが何やら言い争っているが、この距離では何を言っているのかわからない。

お前ら、早く逃げろって！

夢野がゆらりと立ち上がった。

マッキー！　後ろ！

夢野の手には金属バットと……左手に持っているのは何だ？　ナイフ？　遠くて見えない。ただ、夢野が持っているからには危険な物だろう。

ジェニファーが、マッキーを守るために夢野の前に立ちふさがった。

マジかよ……。

ジリジリと距離を縮めあう夢野とジェニファー。対岸の三郎にも緊張感が伝わってくる。夢野が力任せに金属バットを振った。ジェニファーがバックステップでかわす。もう一度、横に払うようにバットを振る。片手なのでスイングが鈍いが、もう片方のナイフ？のせいでジェニファーは、うかつに懐に飛び込めないようだ。夢野が徐々にジェニファーを追い詰めている。あのままではいずれ、やられてしまうだろう。

助けに行くか……もう一度背泳ぎで？　無理だろう。

橋は？　五百メートル先か……。走って行っても、橋の長さを入れたら一キロ以上はある。助けに向かったところで、ジェニファーとマッキーがちょうど殺された頃に駆けつけてしまうことになるのではないか……。

このまま逃げる。

この選択肢しか残ってないだろう。たとえ卑怯者と言われようが、間に合わなければ意味がないのだ。三郎、お前は悪くない。もし間に合う距離だったら助けに行ったさ……。

一目散に逃げようとした三郎の目に、堤防に捨てられているある物が飛び込んできた。

……自転車。

誰だ、こんな所に捨てた奴は？　鍵は？　パンクは？　動かなかったら意味がないぞ。新品同様のマウンテンバイクだった。鍵も壊されている。砂利道を走るにはもってこいだね……。

一瞬、見なかったことにしようかと悩んだが、さすがにそれは良心が許さなかった。

対岸を見た。相変わらず、ジェニファーのピンチは続いている。待ってろよ！

……なるべくなら俺が着くまでに夢野を倒してくれ。

三郎は自分の運のよさを恨みながら、マウンテンバイクにまたがった。

見張りの警官は、ユウキを抱えたままスローモーションみたいにゆっくりと倒れた。

ドサッと二人分の倒れる音が廊下に響く。

カオルは廊下を見渡した。誰にも目撃されていない。どうやら、ここがお姉ちゃんのいる分娩室のようだ。中から、赤ん坊の泣き声と数人の男女の話し声が聞こえてきた。医者……看護師……。かすかだが、お姉ちゃんの声も聞こえる。何を話しているかわからないが、ドア越しにも新しい命の誕生を祝福しているムードが伝わってくる。

カオルの心がチクチクと痛んだ。

……何か……嫌だ。

カオルは嫉妬《しっと》している自分に気がついた。このドアを開けたところで誰も喜んでくれないのはわかっている。お姉ちゃんに、おめでとうと言いたい……。でも、何で産んだのよと罵りたかった。これでもう、お姉ちゃんは私を一番に可愛がることはなくなったんだ……。

足首を掴まれた。カオルはギョッとして床を見た。

「てめえ……看護師……じゃねえ……だろう」

見張りの警官は完全には眠っていなかった。朦朧《もうろう》とした意識でカオルの足にしがみついている。振り払おうとしたが、ものすごい力で掴んで離そうとしない。

もう一度、眠らすしかない。

カオルが、《眠り薬》の蓋を開けた瞬間、警官が力任せにカオルの足を引いた。

しまった！　カオルはよろめき、《眠り薬》が、ナース服の上にこぼれてしまった。

慌てて息を止めたが、遅かった。あっと言う間に目の前に白いモヤがかかり、全身の力が抜けていく。

ね、眠るな！

カオルは、壁に手をつき、倒れないように必死で堪えた。

「どうしたの！」ナースステーションから、さっきの中年の看護師が飛び出してきた。警官と男の子が倒れているのだ。看護師から見れば只事ではない。廊下を青い顔で走ってきた。

「花岡さんの言ってた……女だな」警官がホルスターから銃を抜いた。

「ひっ！」

中年の看護師が銃を見て急ブレーキをかけた。

ジ、ジェニちゃん！　危ないわよ！

さっきから、ジェニファーは夢野が振り回す金属バットを紙一重で避けている。完全に見切っているのか、それとも完全に酔っているのか、わからない動きだ。

酔拳じゃないんだから!

マッキーは、戦うジェニファーをヒヤヒヤしながら見守るしかなかった。加勢したいのはやまやまなんだけど……。マッキーは、手頃な大きさの石を拾ってはみたものの、夢野の頭に当てる自信はなかった。

逆上してこっちに向かってきたら困るし……。

なかなか当たらないことに痺《しび》れを切らした夢野が、やみくもに金属バットをジェニファーに投げつけた。回転しながら飛んでくる金属バットをジェニファーは両腕の十字ブロックで弾き返した。

い、痛くないの?

アドレナリンやらドーパミンやらが出てるのか、ジェニファーは痛そうな顔一つ見せない。

しかし、金属バットは夢野のフェイントだった。ガードの体勢で一瞬動きの止まったジェニファーに、アイスピックを構えて突進していった。

「逃げて!」

マッキーの悲鳴に反して、ジェニファーは、すっと腰を落とした。

電光石火のカウンターだった。

ビリヤードの球のように、夢野が弾き飛ばされた。アイスピックよりも、コンマ何秒速く、ジェニファーの拳が夢野の咽に突き刺さったのだ。

「ぐえええええぇぇぇ」夢野は、呼吸ができないのか、ジタバタと咽を押さえてもがいている。

「やっつけた？」

「まだです」ジェニファーは緊張を解かず拳を構えている。

「アイスピックが怖くて、踏み込みが浅かったんです。実戦は久しぶりなんで」

実戦って……あんた何者よ？

ジェニファーの言う通り、致命的なダメージは与えることができなかったようだ。

夢野がアイスピックを片手に立ち上がってきた。あの一撃を喰らっても武器を手放さないのには驚かされる。この男、なんて執念なの……でも、今がチャンスよ！

マッキーは、持っていた石を、得意のサイドスローで夢野の顔面狙って投げた。

野球部時代からそうだが、力むとダメだ。避けようともしていない夢野の遥か頭上を、石はすっ飛んでいった。

トドメを刺すチャンスだったのに！　何、暴投してんのよ！

「痛！」

遠くから自転車の倒れる音と男の声が聞こえた。

やだ！　誰かに当たった？


何かが、前方から飛んできた。

空気を切り裂く音が聞こえた瞬間、とてつもなく硬い物体が三郎の胸を直撃した。

「痛！」

あまりの衝撃に、心臓が止まったかと思った。三郎は、派手な音を立ててマウンテンバイクごと砂利道の上に転倒してしまった。

石!?　しかも握り拳ぐらい大きい。誰だ、こんなもん投げた奴は！　やっと橋を渡り切り、さあ今から助けるぞという矢先に……。

三郎の作戦はシンプルなものだった。猛スピードのまま突っ込み、マウンテンバイクを夢野にぶつけてやろうと思っていたのだ。せっかく、夢野がこっちに背を向けていたというのに！

まだ、夢野までの距離は三十メートル以上あった……。

顔を上げると、マッキーが手を合わせて謝っている。

お前かよ！

で、なんで、石？

当然、夢野がマウンテンバイクの音で後ろを振り返った。見つかったやんけ……。

ようやく、夢野が何を手に持っていたかがわかった。アイスピックだ。まるで、安っぽいホラー映画の殺人鬼みたいだ。ちなみに安いホラー映画では、マヌケな見つかり方をした登場人物は必ず殺される、と決まっている。

逃げろ！　俺！

三郎は、砂利道に横たわっているマウンテンバイクを起こした。力を入れると、石が当たった胸の骨に激痛が走る。息をしただけでも痛いぐらいだ。今や、俺の体、痛くないところがない。

ジェニファー、後は任せた。このままでは俺は足手まといだし、退散するに限る。

三郎は、マウンテンバイクにまたがり、この場から離れようとした。

カクンカクンカクン。

「えっ？」

いくらペダルを漕《こ》いでも前に進まない。三郎は、慌てて足元を見た。

……チェーン、外れとるやん。


カオルの顔のすぐ前を、銃が左右に揺れる。

「な、何があったんですか！」中年の看護師が床で眠っているユウキを抱え上げ、キンキン声で言った。

見張りの警官が、カオルと中年の看護師に交互に銃を構える。警官は意識が朦朧としているせいで、どっちを狙っていいのかわからないのだ。

「お前も……仲間か……」警官が中年の看護師に言った。

「はい？　仲間ってなんですか？」

「……花岡さんの……言ってた……こいつの」警官が、震える指でカオルを指した。

中年の看護師がカオルの顔を覗き込んだ。

カオルも、《眠り薬》が効いていて、しっかりと立てない。

「何、フラフラしてんのよ！　シャキッとしなさい！」二重になった看護師がカオルの肩を揺らす。

「逃げるな……」警官が先に意識を失った。

「しっかりしてください！　あなた、島袋先生呼んできて！」中年の看護師が、通りかかった若い看護師に言いつけた。

……このままでは……寝てしまう。

カオルは、壁の手すりに摑まりながら逃げようとした。

「あなた、誰？　見たことない顔だけど」ようやく中年の看護師が気づき、カオルの腕を摑んだ。

カオルは振り払おうとしたが、全く力が入らない。

「待ちなさい！」看護師が強く手を引いた。

　その瞬間意識が飛んだ。

　頭が割れそうに痛い……。眠っていた……？　ここはどこ？　時計の音がやたらと大きく聞こえる。暗い……部屋……。

「……どこにやった？」

　男の声だ。誰かいる。

「《眠り薬》はどこだ？」

　病室の隅で、胸に包帯を巻いた花岡が言った。


　夢野が走っていった。

　ジェニファーの方にではなく、三郎の方に。アイスピックを持って、全速力で走っていく。

「逃げて！　サブちゃん！」マッキーは、三郎に向かって叫んだ。

三郎は、さっきから必死になってマウンテンバイクを漕いでいるが、全然、前に進んでいない。

「チェーン外れてるわよ！」

「わかってるわい！」

「じゃあ、走って逃げなさいよ！」

夢野が、ものすごいスピードで三郎に迫る。ジェニファーに敵《かな》わないとみて、三郎を人質に取る気なのか？

は、速い……。

三郎は、マウンテンバイクを諦めて砂利道を逃げ出した。恐怖のためか内股になっている。

ジェニファーは、もっと速かった。「待てー！」陸上部顔負けの美しいフォームで夢野を追いかける。

待てーって……。鬼ごっこじゃないんだから……。

朝方のモヤの中、内股で逃げる男と、アイスピックを持った男と、腿を高く上げて走るオカマの追いかけっこが始まった。

……私も、走った方がいいのかしら？

橋を渡って、トレーニングウェア姿のおじいちゃんが走ってきた。朝のジョギングなのだろう。おじいちゃんは目が悪いのか、三郎たちに気づかず、こっちに向かってきた。「来ちゃダメ！」マッキーが叫んだが、耳が遠いのかおじいちゃんには聞こえていないようだ。「危ないわよ！　おじいちゃん！」

おじいちゃんが、ようやく気がついた。前から、二人の男と一人のオカマがすごいスピードで走ってくることに仰天し、おじいちゃんも踵を返して逃げ出す。

追いかけっこに、もう一人加わった。

おじいちゃん、三郎、夢野、ジェニファーの順番だが、三郎が、おじいちゃんを抜かした。おじいちゃんが、後ろを振り返ってさらに驚く。アイスピックを持った男が走ってくるのだ。誰だって、びっくりするわよ……。

おじいちゃんが、胸を押さえて倒れた。マッキーが予測した、最悪の事態が起きてしまった。

夢野が、アイスピックをおじいちゃんの首筋に当て、人質に取ったのだ。

「卑怯者！　その人は関係ないでしょ！」

背後からのマッキーの声に、三郎は思わず振り返ってしまった。

見なきゃよかった……。

夢野がアイスピックの先をおじいさんの首に当てていた。今さっき、追い越した人だ。おじいさんは苦しそうに胸を押さえている。

心臓発作か？　このままでは関係のない人が殺されてしまう。

「その人を、は、放せ！」三郎が夢野に叫んだ。声が裏返り、ろれつが回らない。

怖ええ……。恐怖で、心臓がバクバクと激しく鳴る。

「逃げ出した奴がよく言うよ！」夢野は額に何本もの血管を浮かべて言った。「許さねえ……俺をコケにしやがって」

この男は、俺たちを皆殺しにするつもりだ……。

「メガネのオカマ！　バットを拾え！」夢野がマッキーに命令した。

「早くしろ！　このジジイのドタマに穴開けんぞ！」夢野が容赦なくおじいさんの頭にアイスピックを当てた。

「やめろ！」あと数センチ動かせば、頭蓋骨を貫通してしまう。マッキーは、砂利道の上に落ちていた金属バットを拾い上げた。

「そのバットで、ジーパンのオカマを殴れ」夢野が、顎でジェニファーを指した。

「できるわけないでしょ！」

「やるんだよ」夢野が、アイスピックをおじいさんの肩に突き刺した。おじいさんが、老犬のような悲鳴を上げる。

「助けて……助けてください」涙を流しながら懇願した。

「マッキー先輩、早く私を殴ってください」ジェニファーが夢野を睨みつけながら言った。

「で、でも……」

夢野が、同じ場所にアイスピックを突き刺そうとする。

「やるわよ！」

「膝を殴れ。手加減すると、このジジイがさらに苦しむことになるぞ」

マッキーがバットを構えた。元野球部のフォームだ。本気で振れば膝を破壊してしまうだろう。

「ジェニちゃん、ごめんね」

「ドンマイです。マッキー先輩」ジェニファーがマッキーに優しく微笑みかける。

「やれ!!」

夢野の合図に、マッキーがフルスイングした。金属バットがジェニファーの右膝を鈍い音で砕いた。ジェニファーは、歯を食いしばり、必死で叫ぶのを堪えた。

「立て。もう片方の膝もだ」

マッキーが、泣きながら、ジェニファーの左膝も打った。ジェニファーが、砂利道にうつ伏せに倒れ、呻き声を上げる。

三郎の胸の中で、何かが弾けた。そして、逃げようとした自分を痛烈に恥じた。兄の仇が目の前にいるではないか。死ぬことを恐れてどうする？　この男を生かしておけるわけがないだろう。

三郎の心から恐怖が消えた。

三郎は、拳を握りしめ、夢野に向かって突進した。

「答えろ。《眠り薬》をどこに隠している」

花岡の声が耳鳴りのように頭に響く。カオルは、ぼやける視界で花岡の姿を確認した。

どういうこと？　あの時、確かに胸を撃ったのに……。

「防弾チョッキだよ」花岡は、カオルの心を見透かして言った。

「それでも肋骨《ろっこつ》はいっちまったけどな」花岡は傷口をポンポンと押さえた。

「まさか俺の車で逃げるとはな……懲戒免職もんだよ」

病室にはカオルと花岡の二人だけだった。カオルは、虚ろな意識の中で枕元のナースコールを探した。

花岡はタバコに火をつけ、痛そうに顔をしかめながら煙を吐いた。「残念だが誰も来ない。取り調べってことになってるからな」

花岡が立ち上がった。ゆっくりと歩いてカオルに近づいてくる。カオルは咄嗟に身構えようとしたが右手が動かない。

……手錠？

カオルは初めて右腕が手錠でベッドに拘束されていることに気づいた。

「俺の車は今どこにある？」

「知らないわよ……」

「《眠り薬》はトランクの中か？」

「だから知らないって言ってんだろが……ハゲ……警察のお前が……何であんな物持ってるんだよ」

「教えてやろうか？　ちょうどお前と同じ年頃の娘がいるんだよ。娘は……二年前、交通事故に遭って植物状態になったんだ。その日は大雨で……娘はバイトの帰りにタクシーで事故に巻き込まれたんだ。……本当なら俺が迎えに行くはずだった。緊急の事件が入らなければな……」

「だから？」カオルは吐き捨てるように言った。

「金がいるんだ。金のためなら、俺は何でもすることに決めたんだよ。あの日、しょうもないコンビニ強盗のせいで俺は娘を迎えに行けなかった。どうしようもない犯罪者が娘をあんな姿にしたんだ」

「だから？　何？」カオルはもう一度、挑発的に訊いた。

「関係ねえだろ。こいつの話は苛つく。

今すぐ俺の車をこの病院に持ってこい。《眠り薬》が警察にバレたら俺は破滅だ。その時は、お前の姉と生まれたばかりの子供も道連れにする。……わかったな」

花岡が手錠の鍵を開けた。

マッキーは、金属バットで自分を殴り殺したい心境だった。

巻き込まれてしまったおじいさんを助けるためとは言え、可愛い後輩の両膝を潰したのだ。ジェニファーは痛みに耐えて、砂利を握りしめている。私に気をつかって、泣き叫びたいのを我慢しているのがわかる。

しっかりしなさいよ！　一番、悔しいのはジェニファーだ。マッキーは、自分自身を叱咤《しった》し、夢野を睨みつけた。あんただけは絶対に許さないわ。

「うおおおおお」その時響いたのは、三郎の雄叫びだった。

許せないのはマッキーだけではなかった。

三郎は前傾姿勢でやみくもに突進していく。明らかに何の策も考えていない。夢野が、おじいさんを突き飛ばした。突っ込んでくる三郎に向かってアイスピックを構える。

「キャア！」マッキーは思わず声を漏らした。

三郎の腹にアイスピックが深々と刺さったのだ。

夢野がアイスピックを引き抜く。細く鋭く尖《とが》った先に、血が滴《したた》る。
サ、サブちゃん？
『後ろにさがんな！』

野球部時代の三郎の声が聞こえた。どんな速いゴロも前に突っ込んでさばけと、三郎はいつもマッキーにアドバイスした。

「ぐあああ！　くそったれ！」三郎は退かなかった。夢野に摑みかかろうと、また前進した。

夢野が、もう一度、三郎の腹を刺した。ブスリと肉を突き刺す音が聞こえた。

「つかまえたぞ……コラァ!!」三郎が、腹を刺されたまま夢野の髪の毛をガシッと摑んだ。

夢野の顔が恐怖に引きつった。三郎がその顔に頭突きをぶち込んだ。グシャリ。

夢野の鼻が潰れた。

「があああ！」

今度は夢野が叫ぶ番だ。


痛くなかった。

腹の奥までアイスピックが刺さっても、三郎は何も感じなかった。

夢野が、鼻から大量の血をボトボトと流しながら砂利道でうずくまっている。

まだだよ、アホ。三郎は夢野の耳を摑んで引き寄せた。

左の腿が熱い。夢野が苦し紛れにまたアイスピックで刺したのだ。

だから痛くないってっ
三郎は、兄の幸二の顔を思い浮かべて、拳を強く握りしめた。渾身の力を込めて、夢野の鼻に拳を叩き込む。生温い血が飛び散り、三郎の顔にかかった。

夢野が鼻を押さえて転がり回る。三郎は、夢野の腹を踏みつけた。

「がば！　あば！」夢野が血を吐き出しながら苦しそうに喘《あえ》ぐ。鼻血が逆流して呼吸ができないのだろう。

これが火事場のナントカってやつか？　三郎はふと笑みをこぼした。恐怖がない。変な感じだ。その恐怖は夢野のことではない。自分が死ぬかもしれないという恐怖だ。三カ所を刺されたというのに、全く痛くないし、怖くない。

三郎はゆっくりと夢野に馬乗りになった。

「ひぃいいいぃぃぃ！」夢野が悲鳴を上げ、下から三郎の上半身をめった刺しにした。

スローモーションで、胸、肩、腹にアイスピックが刺さる。

あれ？……何で……俺……河原なんかにいるんだ？　ジェニファー？……怪我して

んのか？……マッキー？　何で泣いてんだ？　夢野？　何で……俺の下に……。

　思い出した。こいつを殺すんだった。

　三郎は狂ったように夢野の顔面を殴り続けた。顔から外れ、地面を殴り、拳の皮が剝けて、骨が見えても殴るのをやめない。

「ゆ、許して……ください……」夢野がボコボコになった血だらけの顔で言った。腫れ上がった目から涙が溢れる。

「わかった。許してやる」

　お前が死ねばな。

　三郎はさらに激しく夢野を殴り続けた。


「まず赤ん坊から殺す」花岡は据わった目で言った。「制限時間は一時間だ。一分の遅刻も俺は許さない」

　花岡の手に、いつの間にか注射器が握られている。カオルは逃げようとしたが、体が重く思うように動けない。

「俺の車と、《眠り薬》を持ってくるんだ。それ以外、お前の姉が助かる方法はない」

花岡がカオルの腕を取り、ナース服の袖をまくり上げた。

「やめ……ろ……」唇も重く、うまく喋ることができなかった。再び眠気がカオルを襲ってくる。

花岡が剝き出しになったカオルの腕をペシペシと叩き、血管を浮かした。「眠られたら困るからな……」

「何の……薬……だ」

「元気になる薬だよ」

注射針が青い血管に突き刺さる。眠気のせいかチクリとした痛みが心地いい。花岡が、中身の液体をイッキに押し込んだ。瞳孔が開いた。白い閃光《せんこう》が頭の中で何度も弾ける。足元から悪寒がせり上がって、カオルを眠りの世界から引きずり出した。ぼやけていた視界がクッキリと定まる。

花岡は病室からは消えていた。

カオルは体を起こし、ベッドから滑るように降りた。体が軽い。いや、軽すぎる。

たとえようのない高揚感が次々と押し寄せる。楽しいはずがないのに、自然と口元が緩む。

何だっけ？　そうだ、車を探すんだった。

気がつくと病院の外に出ていた。足の裏にバネでも付いているのかと思うほど、足どりが軽い。カオルの乗り捨てたタクシーはまだあった。キーは刺さったままだ。カオルはタクシーに乗り込みエンジンをかける。エンジンの音でさえ、気持ちを昂《たかぶ》らせ愉快にさせる。

花岡の車は商店街に捨ててきた。まだあるか？　たぶん、ない。

でも行くしかない。

お姉ちゃん……お姉ちゃん……お姉ちゃん……お姉ちゃん……。

お姉ちゃんの笑顔や泣き顔や怒った顔や嬉しそうな顔や困った顔や優しい顔が、瞼の裏で点滅する。

待っててね。愛してるからね。

カオルはサイドブレーキを下ろし、アクセルを踏んだ。

「サブちゃん！　殺しちゃダメ！」

マッキーは夢野を殴り続ける三郎に叫んだ。

三郎には聞こえていない。何かにとり憑かれたように殴るのをやめない。腕を振り上げる度に、アイスピックに刺されたあちこちの傷から血が吹き出す。

マッキーは三郎を人殺しにしたくなかった。マンションの最上階から小川の遺体を落としたが、あれはすでに事故で死んでいたのだ。自ら殴り殺すのとはわけが違う。

夢野はすでにぐったりしている。

「やめて！」マッキーは金属バットを捨て、三郎を羽交い締めで止めた。それでも三郎は拳を振り回している。

「終わった！　終わったから！」マッキーは後ろから三郎を抱きしめた。

「……マッキー……もう……練習……時間……か？」

「えっ？　練習？」

「お前……グローブは？……また……監督に……怒られる……ぞ」

意識がもうほとんどないのだ。記憶が野球部時代に戻っている。

「……お前……バント……しっかり」

「うんうん」

「俺……が……ヒット……打つ」

マッキーは三郎の手を強く握った。涙が溢れて止まらなかった。「わかった……わかったから、病院行こう、ね」

マッキーは三郎を立たそうと肩に手を回した。


悪夢は、まだ終わっていなかった。

夢野がゆっくりと上半身を起こしたのだ。

マッキーの顔にアイスピックの先が向けられる。

しまった。

マッキーは夢野が気絶していると思い込んだ自分の甘さを悔やんだ。スローモーシヨンでアイスピックが近づいてくる。

避けなくちゃ。しかし、三郎の体を支えているせいで逃げることができない。

三郎が覆い被さるようにして、マッキーを突き飛ばした。アイスピックが三郎の首の後ろに突き刺さった。三郎が驚いたように目と口を開き、白目を剥いて、マッキーの胸に倒れ込む。

「サブちゃん……サブちゃん？」

いくら呼びかけても返事はなかった。

……サブちゃんが、死んだ。

「おい、牧原。見ろや」

俺はグローブを外して空を指した。青すぎる八月の空に、入道雲が伸びている。

「すごい雲だね」

牧原は、野球帽を団扇《うちわ》代わりにして扇《あお》ぎ、眩しそうに目を細めた。

「これ、雨降るんちゃうかな〜」

「降らないと思うよ」

俺たちはグルグルと右肩を回し、筋肉をほぐす。

「賭けるか？　もし雨が降ったら帰りのイカ焼き奢れよ」

「またイカ焼き？」

牧原が笑った。いつもそうだ。こいつはニコニコ笑ってばかりいる。

一週間前、高校野球最後の試合があった。九回裏二アウトまで勝っていたのに、俺のエラーで負けた。

……甲子園も夢じゃなかったのに。

『気持ちいいぐらいの暴投だったねー』

牧原は、球場の外で泣きじゃくる俺に笑顔で言った。

救われた。この言葉がなかったら俺は一生悔やんでいたかもしれない。

今から最後の練習だ。今日で三年生は引退する。牧原とキャッチボールをするのも今日が最後だ。最初は近い距離から始めて、徐々に離れていく。白い球が青空に弧を描き、俺と牧原の間を行ったり来たりする。

時間がゆっくりと流れた。

「牧原」

「何？」

「お前のアダ名、決めたわ」

「今日？　遅くない？」

二人で笑った。

「どんなアダ名？」

「マッキー」


もしかして、これ走馬灯か？

三郎は目を開けた。

目の前で血だらけのマッキーが泣いている。それ……誰の血？　あ……俺の血か……。首……に……アイスピック刺された……だっけ？……。マッキー……泣きすぎだろ……顔近いし……。……キャッチ……ボール……したかったな……。あーあ。死ぬのか……俺。まあ、しゃーないな。

三郎は目を閉じ、チクショウと悪態をつこうとしたがやめた。

最後の言葉にしちゃ味気ないもんな。


またな。マッキー。

三郎はこの世にサヨナラの言葉を残した。


瞼の裏で何度も小爆発を起こす白い閃光。冷たかった体の芯が、急に沸騰したように熱くなってくる。吐く息までもが熱い。

カオルは、すべての信号を無視して商店街へとタクシーを走らせた。

花岡の車は残っているだろうか？　一時間以内に見つけなければ、お姉ちゃんと赤ん坊が殺されてしまう。

また白い閃光がカオルを襲う。目を開けていられない。カオルはハンドルを握ったまま、自分の腕に歯を立て、肉を嚙みちぎった。痛みがカオルを、何とか正気に引き戻す。

待っててね……もうすぐだからね……。

商店街に花岡の車は見あたらなかった。誰もいない。ストリートミュージシャンも、ダンサーも、家出少女も……。

盗まれた？　たぶん、そうだろう。あの中にいた誰かだ。どう探す？　見つかるか？　どうやって？

三度、閃光が弾けた。

無理だ。どこの誰が盗んだかわからない車を一時間以内に見つけるのなんて不可能だ。お姉ちゃんが助かる方法は一つしかない。

私が、花岡を殺すのだ。

それしかない。

見つかるかどうかわからない車を探すより、はるかに現実的だ。花岡は、私が病院にそんなに早く戻ってくるわけないと思っているはずだ。病院に戻り、あいつの隙をついてやる。

カオルはタクシーをUターンさせた。

武器はどうする？　《眠り薬》も取り上げられてしまって、もうない。いや……残っている。ナース服に着替えた時、ポケットに収まりきらない分をトイレの清掃用具入れに隠しておいたのだ。家出少女から奪った鞄の中に、かなりの量が残っている。

しかし、気絶させた看護師が意識を取り戻していたらアウトだが……。

まあいい。場所が病院だ。何か武器になる器具はたくさんあるだろう。

カオルは、フロントガラスに映る自分の顔を見て笑った。

もう閃光は見えなかった。


マッキーは、動かなくなった三郎を抱きしめ、吠えるように泣いた。

私のせいだ……。私が止めなければ……。

「マッキー先輩！　危ない！」ジェニファーが、叫んだ。

夢野が、三郎の首に刺さっているアイスピックを抜き、次はマッキーを狙った。

サブちゃん、ゴメン！　マッキーは、三郎の体を横に放り投げ、夢野の攻撃に備えた。

夢野は、三郎に殴られたダメージが深く、かなり動きが鈍くなっている。

どこを狙ってくる？　咽か？　心臓か？　間違いなく、急所を突いてくるはずだ。

夢野が狙ってきたのは、頸動脈《けいどうみゃく》だった。

逃げちゃダメよ！

マッキーは勇気を振り絞り、アイスピックの前に手の平をかざした。とんでもない痛みが脳天を駆け抜ける。アイスピックが左手を貫通していた。マッキーは気が遠くなりそうになるのを必死で堪え、そのまま夢野の腕を摑まえた。

い、痛すぎる……でも我慢よ……。マッキーは横目で三郎を見て、歯を食いしばった。サブちゃんの仇は私が取るんだから！

夢野がアイスピックをマッキーの手から抜こうとして、力任せに引っ張った。裂けるような痛みが襲う。

そうはさせないわよ！

マッキーが夢野の腕に噛みついた。アイスピックを持っている方の腕だ。歯が肉に食い込み、口の中に血の味が広がる。こんな奴の血なんか、すぐに吐き出したいが、ここは死んでも離すわけにはいかない。

夢野が苦悶《くもん》の表情を浮かべて、アイスピックから手を離した。

勝った！　今度はこっちが刺す番よ！

マッキーは、手に串のように刺さっているアイスピックを自ら引き抜こうとした。

グシャ。

マッキーの動きが止まった。

夢野の膝がマッキーの股間を蹴り上げたのだ。息が止まり、目の玉が飛び出しそうになる。

手術しとけばよかった……。

心は女だが、股間は男のままだった。

マッキーは股間を押さえ、額から脂汗を流しながらうずくまってしまった。

カオルは、花岡が見張っていることを考えて、病院の裏手にある空き地にタクシーを停めた。タクシーの屋根から病院の壁を乗り越える。

問題は花岡がどこにいるかだ。病院の中をくまなく探している時間はない。可能性としては、お姉ちゃんの病室が一番高い。《眠り薬》を持ってこなければ姉と赤ん坊を殺すと言った言葉は、嘘ではないだろう。

二階か……。

まずは武器の入手だ。《眠り薬》を隠してあるのは一階のトイレの清掃用具入れだ。

カオルは、裏口から病院内に侵入し、柱の陰からトイレの様子をうかがった。

警官が二人立っている。

ダメだ……。気絶させてナース服を奪った看護師が意識を取り戻したのだろう。

ナース服？　このままの格好では花岡の隙をつけない。奴は私がナース服を着ていることを知っている。武器より着替えだ。

カオルは階段を使って三階に上がった。エレベーターは警戒されているおそれがある。おそらく三階はノーマークだ。ここに花岡はいない。カオルは病室を一つ一つ覗いた。

カオルは呼吸器をつけたおばあちゃんを見つけた。たぶん、寝たきりで意識もないはずだ。試しに揺すって声をかけてみる。「おばあちゃん、体温測りますよ」

こっちはナース姿だ。もし、目を覚ましても騒がれる心配はない。

「おばあちゃん、聞こえてますか？」さらに揺らすが、反応はない。

よし。カオルはおばあちゃんのパジャマを脱がしにかかった。

パジャマに着替えたカオルは、スリッパをパタパタ鳴らし、廊下を急いだ。

次は武器だ。

「マッキー先輩！　前！」

えっ？　遅かった。ガツンという衝撃で脳が揺れる。うずくまっているマッキーのこめかみを、夢野が裏拳で痛打したのだ。

もう一発。今度は顎にモロに入った。

マッキーは、吹っ飛ばされ、三郎の体に折り重なるように倒れ込んだ。

「……オカマ野郎。お似合いだぜ……」夢野がボタボタと口から血を垂れ流しながら笑った。

……こいつ不死身なの？

夢野がフラつきながらマッキーに近づいてくる。

早く……アイスピック……抜かなきゃ……。

「手伝ってやるよ」夢野が、マッキーの手から無理やりアイスピックを抜いた。

痛い！　痛すぎて吐きそうになる。

「形勢逆転だな、オイ。覚えとけよ、最後には必ず正義が勝つんだよ」夢野がアイスピックを持ったままゲラゲラと笑う。銀行員のようなスーツは、胸元まで真っ赤に染まっている。

「ふざけんなよ！　このインポ刑事！　かかってこいよ！」ジェニファーが夢野に石

を投げつけた。

夢野をマッキーから離そうと挑発しているのだ。両膝が壊れて立てないのに。ジェニファー……。ホント、ゴメンね。

夢野は挑発に乗らなかった。「後でたっぷりと相手してやるから大人しくしとけ。まさか一日で二人のオカマを殺すことになるとはな」夢野がジェニファーに吠える。

コリッ。マッキーの背中に硬いものが触れた。

三郎の背広に何か入っている。

「さてと」夢野が振り向き、マッキーに近づいた。

「オカマ。この世で最後の言葉は何だ？」

「やっぱり正義は勝つ、よ」

マッキーは、三郎の背広の内ポケットからモンキーレンチを抜き取り、夢野の顔面を力任せに殴りつけた。

武器はどこだ？

メスやハサミなどが理想なのだが、どこに何があるのか全く見当がつかない。カオルは手当たり次第に診察室に入ろうとするが、すべて鍵がかかっている。鍵を壊すか？　しかし、大きな音を出して目立ちたくはない。

廊下を見渡した。

カメラ？

さっきは気づかなかったが、二カ所、防犯カメラが設置されている。

……もし、自分が花岡だったら？

警備員室で見張る。

この侵入、すでにバレている。

迷っている場合ではなかった。カオルは音を気にせず、診察室のドアノブを蹴った。十七回目で、ノブが壊れた。ドアに体当たりする。

一回、二回。開いた。よし！

診察室に飛び込み、目ぼしいものを探す。ベッドに診察用の机とパソコン。患者が座る丸椅子。シンプルな造りだ。処置台に注射針があったが、小さすぎて使い物にならない。

　足音？

　カオルは耳を澄ませた。この部屋に向かって、二つの足音が走ってくる。チクショウ。もう来やがった……。走ってくるのは、たぶん警官だろう。今、廊下に出ればすぐに捕まってしまう。隠れるしかない。

　カオルはベッドの下に潜り込んだ。


「どうします？　この男」

　ジェニファーが三角座りで、夢野を見下ろしながら言った。

「そうね……どうしようかしら？」

　夢野は、マッキーにモンキーレンチで殴られて気を失っていた。……殺すも殺さないも私の自由なのね。

「殺しちゃダメですよ」ジェニファーが言った。真剣な目でこっちを見ている。

「お友達の仇を取りたいのはわかります。でも、殺したらこいつと一緒の人間になっちゃいます」ジェニファーが夢野を指した。「ここは警察に任せましょう」

「それが一番いいと思う？」

ジェニファーが頷いた。

「サブちゃんもそうして欲しいかな」

ジェニファーが、もう一度頷く。

「わかった……じゃあ、警察を呼ぶ。それと救急車もね」マッキーは声を押し殺して言った。

「先輩……もしかしてこの人のこと好きだったんですか？」

「昔よ、昔……」

昔はね……瘦せててカッコ良かったんだから。野球もうまかったし。優しかったし。ヤバいわ。涙が出る前に警察に電話しなきゃ。今泣いたら止まらなくなるし。

マッキーは携帯電話を出した。

じゃあね、サブちゃん。天国でダイエットしといてよ。また、キャッチボールしようね。

マッキーの長い長い夜は終わった。ホント、悪夢だったわ……。

「マッキー先輩、お腹空いてませんか？」

「あんた何言ってんのよ。病院が先でしょ！」

「だって、病院に行ったらソッコー入院決定でしょ？　まずい病院食なんか食べたくないもん」

「ちょっとは我慢しなさいよ」

「あんなマズイもの嫌だ」ジェニファーが子供のように頬を膨らます。

「ダイエットになっていいんじゃない？」

「あ。ホントだ」

「カッコイイ、ドクターもいるかもよ」

「ラッキーじゃないですか！」ジェニファーが目を輝かせた。膝の痛みは普通じゃないはずなのに……。この子の明るさには救われるわ。

「今日だけはいい男を譲ってくださいよ。ケガ人なんだから」

「早い者勝ちよ。メイク道具貸しなさいよ」

「え〜！」

二人で笑った。本当は笑う気分じゃなかったけど。悲しくて悲しくて泣きそうだったけど。

今は笑おう。

とにかく、悪夢は終わったのだ。


四本の足が診察室に入ってきた。思った通り警官は二人だ。カオルはベッドの下で息を殺した。

「いないぞ！」「どこだ？」四本の足がせわしなく部屋の中を動き回る。見つかるのも時間の問題だ。壁際の左手に何かが触れた。カオルは首だけを動かして、ベッド下の奥を振り返った。

松葉杖だ。二本ある。

「隣の部屋は？」「僕が見てきます！」「気をつけろよ！」一人が診察室を出ていった。

今がチャンスだ。

カオルは残った警官の足の動きに集中した。爪先があっちに向いた！　カオルはなるべく音を立てないように、ベッドの下から這い出した。松葉杖を振り上げ、警官の頭に叩きつけた。バキッと乾いた音がして松葉杖が折れた。

「あ。いた……」警官は驚いた顔をしたのと同時に、白目を剝いた。ガシャーンと派手な音を立てて金属製の棚にぶつかって倒れる。

「どうしました⁉」隣の様子を見に行っていた警官が戻ってきた。

松葉杖は真っ二つに折れてしまっている。もう一本を取りにベッドの下に潜る時間はない。

「楠木さん！」戻った警官が、倒れている警官を見て叫んだ。

倒れた警官に近づいていったところを、ドアの陰にいたカオルが襲った。松葉杖の折れた先を太腿に刺したのだ。

「うあああ！」叫び声が病院中にこだまする。警官は刺された痛みよりも、突然、死角から現れたカオルに驚いたようだ。

「抜いてぇぇ！」もだえる警官を横目に、カオルはベッドの下からもう一本の松葉杖を取り出した。「えっ？」構えたカオルを見て警官が息を飲む。

フルスイングで殴り倒した。

よし。これで銃を二つゲットだわ。

……ない？

二人とも銃を装備していない。……花岡の指示か？　警棒さえも持っていない。

なめやがって……。

カオルは松葉杖を持って廊下に出た。


廊下に出たカオルは非常階段を探した。花岡に見つかった今、エレベーターも階段も使えない。

エレベーターが三階に停まった。新しい追っ手だ。早く非常階段を見つけなくちゃ。

どこ？

廊下の突き当たりにドアがあった。ここか？　ドアを開けた。外の風が顔に当たる。

下からカンカンと足音が登ってくる。ここもダメだ。となると、上しかない。カオルは非常階段を駆け上がった。苦しい。苦しいよ、お姉ちゃん。四階……五階……ここでいいか？　カオルは非常階段から五階に通じるドアを開けようとした。開かない。追ってくる足音が大きくなる。カオルは舌打ちをしてさらに登り続けた。屋上だ。カオルは屋上に登り、別の出口を探した。あった！　殺風景な屋上を、反対側の出口に向かって走る。

出口のドアが開いた。

カオルが開けたのではない。

「やっぱりここか」花岡だった。「俺の車は？」

カオルは返事の代わりに松葉杖を構えた。

花岡は大きく息を吸い、ギリギリと音が鳴るほど歯を食いしばった。額の血管が今にもブチ切れそうだ。「あるのか？　ないのか？　それだけ言え」

「ねえよ！」

カオルは松葉杖を振り上げ、花岡に殴りかかった。

花岡の拳がカオルの顎をとらえた。カオルは、屋上のコンクリートの上に吹っ飛ばされて転がった。

「俺の車は？」花岡がカオルを見下ろして言った。

「知らねぇよ」カオルが唾を吐き答えた。血が混じっている。

「いいのか？　殺すぞ」

お姉ちゃんのことか？　ハッタリか？　人目のある病院でそんなことできるわけない……。

「できるわけないと思ってんだろ？」

ここだ。ここで引くな。「やれるもんなら、やってみろよ！」

「難産だった」花岡がぼそりと言った。

「何？」

「赤ん坊は無事に生まれたが、お前の姉貴は意識がない」

「嘘つくなよ……この野郎」

「思ったより出血が激しかった。今、緊急の処置が取られている」

嘘だ嘘だ嘘だ嘘だ……嘘だ。

「例えば……今、停電が起きて、バックアップの電源も作動しないとしたら？」花岡がニヤリと笑う。「なめるなよ。俺が直接手を下さなくても、いくらでもお前の姉貴を殺る方法はあるんだよ」

体中の力がイッキに抜けた。お姉ちゃんが死ぬ？　嫌だ……そんなの絶対嫌だ。

「花岡さん！　大丈夫ですか？」非常階段から追っ手の警官たちが上がってきた。

「ああ。この女、もう一度さっきの診察室に監禁しろ」

「でも……署に連行しなくてもいいんですか？」警官たちが戸惑いの表情を見せる。

「馬鹿野郎！　逃げられたくせに何言ってんだよ！　今すぐ事件の全貌《ぜんぼう》を吐かすんだよ」

「わかりました。……それと夢野さんが……」

「夢野？　夢野がどうした？」

「暴行を受けて重傷です。今、救急車でここに搬送されてきました」

「何だと？」

「牧原という男が話をしたいと言ってるんですが……」

「牧原？」

マッキー？　あいつ何をした？

「その牧原が一階のロビーまで来ているんですが、どうします？」

花岡が唇を舐めた。自分に危害が及ばないか考えているんだろう。

「わかった。会おう」


やたらと警官が多いわね……。

マッキーは、病院の一階ロビーでソファーに腰掛け、周りを見渡した。

救急車でジェニファーと一緒に運ばれてきたのはいいが、これからが大変だ。警察への説明……何て言おう？　嘘をつく気はない。全部正直に話すつもりだ。ただどこから話せばいいのか、どう話せばいいのか……。小川を監禁して、遺体をマンションの最上階から落としたのだ。ちゃんと話さないと罪が重くなる。

まあ……捕まるのは間違いないけどね。

そして刑事の夢野を半殺しにした。正当防衛だということをしっかり主張しないと大変なことになる。これはジェニファーの証言で何とかなりそうだが……。

「私もちゃんと治療して欲しいんだけど」マッキーは横に立っている警官に向かって

口を尖らせた。

「もう少し待て」警官がつっけんどんに言った。ちょっと古いタイプの男前で、悪くないのだが、最初からずっとマッキーを敵視している。

こっちは大切な仲間を刺されたのよ。あの夢野だけは許すわけにいかない。告発してでも不正を暴いてやる。

「捜査第一課の花岡です」初老の男がエレベーターを降りてやってきた。くたびれた風貌だが、目は異常にギラついている。夢野と同じ種類の目だ。それとも刑事はみんなこんな目をしているのか？

「こっちの方が話しやすいでしょう」と、マッキーはロビーの端、柱の裏側にある人目につかない喫煙ルームに連れていかれた。

「牧原です」

「夢野をボコボコにしたそうですね」

「正当防衛です。私の親友と親友のお兄さんが夢野に刺されたんです」

「お兄さん？」花岡の顔色が変わった。

「なぜ夢野は二人を刺したんですか？」

「夢野は、《業者》と呼ばれる組織の人間なんです。よくわかんないけど内輪揉めで……《眠り薬》っていう商品が盗まれたのを親友のお兄さんのせいにして……」

血？　マッキーは花岡の右の拳を見た。血がついている。

誰かを殴った？　病院で？

「どうしました？」花岡がマッキーに詰め寄る。

焦ってる？　マッキーはハッと気がついた。女の勘だと言ってもいい。

刑事の夢野が《業者》だということは、他にも刑事で《業者》をやっている奴がいてもおかしくはないのでは？

今、目の前の男がそうでないと言い切れる？

「《業者》の存在はご存じでしたか？」マッキーは確かめるように花岡に訊いた。

「もちろん知ってましたよ。まさか夢野が組織の一員とは思ってもみませんでしたが」花岡がよどみなく答えた。

……逆に怪しいわ。

水商売をやっていると、色々な人間の顔を見る。虚勢、見栄、言い訳、そして数々の嘘。よく、酒に酔うとその人の本性が現れると言われるが、それは間違いである。

酔っている人間ほど嘘をつく。誰もが持っている『自分のことをいいように見て欲しい』という気持ちが大きくなるからだ。その証拠に、ベロベロに酔っている人間ほど「酔っていない」と言い張る。

今までうんざりするほど嘘を見てきたんだから。

マッキーは質問を続けた。「じゃあ、《眠り薬》のことも知ってらっしゃるんですね?」

「いや、それはどういった物ですか?」わずかに、花岡の目が泳いだ。

嘘だ。この男、嘘をついている。確かめなきゃ。

今、ジェニファーは、この病院で治療を受けている。入院もここになるだろう。もし、この男が《業者》ならジェニファーの身に危険が及んでしまう。

「《眠り薬》は非合法の薬です」

「ほう……それが盗まれたと」花岡が眉を上げて答えた。無意識の仕草だが動揺を隠しているのがバレバレだ。

この男が《業者》なら、当然、夢野と同じく、必死になって《眠り薬》の在り処を探しているはずだ。ここは、一発カマかけてやろうかしら。「実は私が預かってたんです」

「何？　どこに？」

「全部、捨てました。親友が刺されてカッとなっちゃって」

花岡が唾を飲み込む音が聞こえた。

さあ、どうする？

「本当のことを言ってください」

「本当です。すべて川に流しました」

「川に？」

「二百本の蓋を全部開けてイッキにドボドボと流したんです」

「嘘だ」

「嘘じゃありません」

「そんなことしたらあなたが眠ってしまうでしょう」

「眠る？」

その言葉を聞いて、花岡が顔を歪めた。《眠り薬》を知らないはずの人間が言える言葉ではない。

「なぜ、眠ってしまうと言いきれるんですか？　まるで効き目を知ってるような言い方ですね」

マッキーの突っ込みに、花岡が唇を震わせる。

間違いない。こいつも《業者》だ。

「離せ！　離せよ！」

カオルは二人の警官に両脇を抱えられ、病院の廊下を引きずられている。

お姉ちゃんが……死ぬ。そんなの嘘だ。私が助けに行かなきゃ。

「離せって言ってんだろ！　クソッタレが！」カオルが右側の警官の爪先を踏みつけた。

「痛ッ」仰《の》け反った警官が、カオルの右腕から手を離した。

カオルはもう一人の警官の顔に爪を立てて引っ掻こうとしたが、その手をハッシと摑まれてしまった。

警官の膝がカオルのみぞおちを突き上げた。息ができず、体の動きが止まった。髪の毛を鷲掴《わしづか》みにされ、コンクリートの廊下に投げ飛ばされる。

足を踏まれた警官が脇腹を蹴り上げた。「大人しくしろや！　こっちはお前に仲間を殺られてるんだよ！　今、ここでぶっ殺すぞ、コラ！」警官がぶつぶつの吹き出物ができた顔を近づけて凄んだ。

「……が……よ」カオルは小声で囁いた。

「あん？　何だって？」警官が耳を近づけた。

「お前が死ねよ」カオルはその耳を嚙みちぎった。

「ギャアアア！」

「どうした？」

「こいつ！　オレの耳を食いやがった！」

カオルは耳の欠片を吐き捨てた。耳の肉はベチャ、とだらしない音でコンクリートに張りついた。

「食うわけねえだろ、こんなもん」

「タイソンかよ！　お前は！」

耳を嚙まれていない方の警官がカオルに手錠をかけた。

「俺の耳ぃ！」ぶつぶつの顔の警官は、泣きながら嚙まれた耳を押さえ、もう片方の手で銃を構えている。

「おい……小倉……落ち着け」

同僚の言葉を無視して、ぶつぶつの顔の警官はカオルに向かって引き金を引いた。

乾いた破裂音が病院内に響いた。

銃声？　この病院で何が起こってるの？「今のは……」マッキーが花岡に訊いた。

花岡の顔が青ざめる。「何階だ？」花岡がマッキーの横の警官に確認を取る。

「三階だと思います」メガネをかけた若い警官が自信なさげに答える。

「思う？　応援に行け」

「は、はい」

「女だからって油断するなよ」

「はい！」若い警官がエレベーターへと走る。

女？

「何があったんですか？」

花岡が舌打ちで答える。かなり悪い状況のようだ。

「事件ですか？　教えてください！　後輩が今、治療を受けているんです！」

「……ちょっと頭のおかしい女が忍び込んでいて……すでに逮捕はしてるので安心してください」

花岡がしどろもどろに答える。この男、やっぱりおかしい。

「花岡さんも、《業者》ですね」マッキーが唐突に言った。

花岡の目がカッと見開く。

ストレート勝負よ。マッキーはさらに攻撃を続けた。「他の刑事さんを呼んでください」

「な、何を言い出すんですか？」

「早く呼んでください」

「私が《業者》のわけないじゃないですか！」

「じゃあ、何の問題もないですよね。他の方を呼んでください」

花岡が笑った。完全に引きつっている。

そして銃を抜いた。そうくると思った。

マッキーは隠し持っていたモンキーレンチで花岡の手を殴り、銃を叩き落とした。

花岡の落とした拳銃が床を滑る。

「てめえ！」花岡がマッキーに殴られた手を押さえて叫んだ。「こんなことしてタダで済むと、」

思うわよ。

マッキーは続けてモンキーレンチを花岡の顔に振り降ろした。花岡が咄嗟に手をかざす。

ゴツ。

関係ないわよ。マッキーは花岡のガードの上から構わずに殴り続ける。

ゴツ。ゴツ。ゴツ。

「……やめろ……やめ」

やめないって。

花岡がたまらず倒れ込む。マッキーは馬乗りになって攻撃の手を止めない。やめてたまるもんですか。許さない。夢野の仲間を許してたまるもんですか。

「な、なんで……」すごい形相で殴り続けるマッキーに花岡が怯える。

「なんで？」マッキーがモンキーレンチを止める。

「怒ってるからよ」そして、さらなる一撃を花岡の眉間に叩き込む。

「うう……ん」花岡の体から力が抜ける。

「アンタが、サブちゃんのお兄さんをハメたのね」

「……あいつのせいにすればいいと思ったんだ。ちょうど弟があの薬を使うことになるって聞いたからな」

「この病院で何が起こってるのよ？　正直に言いなさい！　さっきの銃声は何よ？」

「……カオルが……」花岡が呻く。

「カオルちゃん？」

「カオルが……撃たれたと思う……」

カオルちゃんがこの病院に？　何で撃たれるわけ？「どういうことよ？」

「……何も知らないのか？」花岡がニヤける。「あの女がすべての元凶だよ」

「教えなさいよ！」

しかし、花岡は笑うだけで何も答えない。

「三階って言ったわね」

「あん？」

モンキーレンチが花岡の顔にめり込んだ。花岡が意識を失った。

カオルちゃんがすべての元凶？　どういうことよ。

マッキーはエレベーターへと走った。


焦げ臭い。ああ、そうか。私、撃たれたんだっけ。

耳から血を出した警官が、真っ青な顔で私を見ている。

「小倉！　何、撃ってんだ！　お前！」もう一人の警官が大声を張り上げた。

うるせえな……。

撃った警官は歯をガチガチ鳴らしながら言い訳を始めた。「だって……だって、俺の耳を食いちぎったんだぞ」

「ちょっとぐらい我慢しろよ！」「できるわけないだろ！　正当防衛だよ！」「やりすぎだろ！　死んだらどうすんだよ！」「大丈夫……ここ病院だし……」

何、アホ二人で言い争ってんだ？

「どうしよう……」

おいおい、泣くぐらいなら撃つなよ。

人の心臓を。

苦しくはなかった。痛くもなかった。哀しくも、悔しくもなかった。私は死ぬ。その事実しか感じることはできなかった。

最悪だね。何がしたかったんだ？　私？　お姉ちゃんに会えなかったら意味ないのに。結構必死だったんだけどな。

まだ、アホ面で言い合ってるよ。もう何を言ってるのか聞こえないし。体、重いし。光て、言うか眠い。暗くなってきた。チカチカと目の奥が光ってるよ、お姉ちゃん。光がどんどん大きくなるよ、お姉ちゃん。何あれ？　エントツ……昔、お姉ちゃんとよく見に行った赤いエントツだ……。高いな。空まで届いてるよ。あれ？　煙が出てないよ。あれ？　お姉ちゃんがいない……。

また私、一人ぼっちなんだ。お姉ちゃんに、また一緒に暮らせるねって言いたかったのに。


「ちょっと、あんたたち何やってんのよ！」

エレベーターを三階で降りたマッキーが叫んだ。カオルが二人の警官の足元に倒れている。

……撃たれたの？　何で？　どうして、カオルちゃんが撃たれるわけ？

カオルの左胸に血が滲んでいる。

パジャマ？　カオルちゃん、何でパジャマなんか着てるの？

銃を持った警官がガタガタと震えている。

「何で撃ったのよ！」マッキーが警官たちに詰め寄った。

「せ、正当防衛です……この女が耳を」銃を持った方が弱々しく答えた。

「小倉、いいから！　医者を呼んでこい！」もう一人が慌てて言った。

耳？

近づくと、銃を持った警官の耳が、正確に言うと、耳のあるべきところが血まみれなのが見えた。銃を持った警官が逃げるように医者を呼びに行った。

「あなたは？」残った警官が、警戒した表情でマッキーに訊いた。

「この子の友達よ……」

カオルの顔がびっくりするほど白い。マッキーはしゃがみ、カオルの顔に触れようと手を伸ばした。

「触らないでください！」警官が鋭く言い、マッキーの手を押さえた。

「……死んでるの？」

警官が顔を歪めコクリと頷く。

何でこうなるの？　何でみんな死んじゃうの？

「この子が何をしたの？」

「……ご存じないんですか？」

「知らないから訊いてるんでしょ！」

泣きたかったが、もう涙は残っていなかった。

『お姉ちゃん』

声が聞こえた。

えっ？　マッキーが耳を澄ます。今、確かに声がした。カオルちゃん？　マッキーは制止する警官の腕を振り払って、カオルの顔を覗き込んだ。瞼がわずかに痙攣した。

「生きてるじゃない！」

マッキーの大声に警官がビクリと驚く。

「何、突っ立ってんのよ！　あんたも医者呼んできなさいよ！」マッキーが警官に蹴りを入れる。

「痛いな！　何するんですか！」

「銃で撃たれたカオルちゃんの方が痛いだろうが！」マッキーがドスの利いた声で怒鳴った。

「さっさと行け！」マッキーは血のついたモンキーレンチを背中から抜き出して振り上げた。

「わ、わかりましたよ！　絶対に動かさないでくださいよ！　おい、小倉！　今どこだ！」警官が無線を握りしめて走っていった。

何でこんな目に……。マッキーはカオルの頬に触れた。冷たくなっているが、指先にかすかに温もりを感じることができる。カオルがうっすらと目を開けた。

「カオルちゃん？　大丈夫？」

口が動いた。何かを言おうとしている。「……た……い」

「何？　どうしたの？」マッキーはカオルの口元に耳を寄せた。

「……あ……い……たい……」

あいたい……会いたい？

「誰に会いたいの？」

カオルは答えず再び目を閉じた。

エレベーターが停まり、医者と看護師と警官がわらわらとやってきた。

家族に会いたいのか？　それとも恋人？　そういえば私、カオルちゃんのことを何も知らない。この傷では助かる可能性は低いかもしれない。カオルちゃんが誰に会いたがっているのかわからないが、できることなら会わせてあげたい。

ストレッチャーで運ばれていくカオルを見守りながらマッキーは思った。

カオルは手術室に運ばれていった。

死んじゃダメよ……。残されたマッキーは、待合室のソファーで祈るしかなかった。

「小川麻奈美さんの身内の方ですか？」一人の看護師がマッキーに声をかけてきた。

「小川麻奈美？　身内というわけではないですけど……」小川の妻もここに？　子供が生まれるのか？　でも予定日はまだ先だったはず……。

「お知り合いですか？」看護師の顔が輝く。

「ま、まあ……」マッキーが言葉を濁す。知り合いも何も、麻奈美の夫、小川の死体をマンションの最上階から落としたのだ。

「こちらへ来てください！」看護師がマッキーの腕を引っ張った。

「ちょ、ちょっと！」看護師は小柄だが力が強い。マッキーは廊下を引きずられる形で連れていかれる。

「危険な状態なんです！」

「え？　難産なの？」

「赤ちゃんは無事に生まれたんですが……母体の方が……思ったより出血が多くて」

「そうなの？　でも私が行っても……」

「旦那さんと連絡がつかないんです！」

それを言われると辛い。「私が行ったところで……」

「しきりに妹さんを呼んでるんですが、連絡先はご存じですか？」

妹？　三郎の資料では小川麻奈美には姉妹はいなかったはずだ。「何かの間違いでは……妹はいないと思うんですけど」

「え？　でも、カオルという名前をずっとうわ言のように呟いてるんです……」

カオル？　カオルだって？

妹？

カオルちゃんも『会いたい』と言っていた。……これって偶然なの？　小川麻奈美とカオルが姉妹？　そんな馬鹿な……。

てことは、エレベーターに閉じ込めた小川は、カオルの義兄になるではないか？

何が一体どうなってんの？

……すべて小川麻奈美に会えばわかる。

マッキーは看護師と共に走りだした。

小川麻奈美は命を引き取る寸前、小さな声で妹の名を呼んだ。消えゆく意識の中で何を見たのだろう。麻奈美は微笑み、言った。

「カオルちゃん……おかえり」

そして出血多量により死んだ。生まれたばかりの命をこの世に残して。

マッキーができることは一つであった。医師たちに、カオルと麻奈美が姉妹の可能性があると告げた。

医師たちの判断は速く、手術の準備に動いた。麻奈美の心臓をカオルに移植するためだ。担当の医師の話では、出血多量で死亡しても、死後一時間以内であれば心臓の機能が回復するらしい。

カオルが即死じゃなかったことも幸いした。

姉の心臓が妹に……。これでよかったのかしら……。うん。きっとよかったのよね。

最後、会えなかったけど、一緒になれるもんね。

カオルはまだ、生きている。

マッキーはフラフラと手術室から離れた。ジェニちゃん、治療終わったかしら……。

病院の廊下の窓から太陽の光が差し込んだ。

朝だ。

マッキーは目を細めた。何も考えたくなかった。これからどうすればいいのかもわからない。ただ歩いて、早くジェニファーの顔を見たいだけだ。

「こんなんなっちゃいました」病室に入ると、ジェニファーは両足のギプスを指しておどけてみせた。「先輩、おしっこの世話してくださいね」

ジェニファーが笑いながら言った。マッキーもつられて笑った。

「疲れましたね」ジェニファーが大げさに欠伸をした。

「寝ていいわよ」マッキーがジェニファーの髪を撫でる。

「先輩は眠くないんですか？」

「うん。当分、ぐっすり眠れないと思う。このまま不眠症になりそう。サブちゃんは集中治療室だし……。助かるかどうかもまだ……」

「あんな大ケガして死ななかったんだから、絶対回復するって信じましょうよ。マッキー先輩が好きだった人なんでしょ。大丈夫、簡単にはくたばらないわよ。今は一緒に寝ましょ」

「え？　どこでよ？」

「このベッドに決まってるじゃないですか」ジェニファーが自分の横のシーツをめくった。

「狭くない？」

「狭いのがいいんじゃないですか」

そうよね。ひっついて眠ればいいか。

「じゃあ、お言葉に甘えて」マッキーは小犬のようにジェニファーの横に潜り込んだ。

「とりあえずは寝ましょう」ジェニファーが言った。

「寝てから頑張りましょう」

「そうね。あんたの言う通り。さすがに今日の夢は悪夢じゃないだろうし」

「どんな夢を見るんですか？」

「決まってるじゃないの。ジョージ・クルーニーと車のトランクに閉じ込められる夢よ」

「贅沢すぎ」

ジェニファーが馬鹿みたいに笑った。マッキーも馬鹿みたいに笑った。この調子じゃ看護師がすっ飛んでくるだろう。

来るなら来なさいよ！　私たち眠り姫は、よっぽどのイケメンのキスでしか起きないんだから。

マッキーは笑顔のまま、ゆっくりと瞼を閉じた。

明日目が覚めたら、きっとたくさんの奇跡が待っている。

本文イラスト　草田みかん

この作品は二〇〇七年ブログ「悪夢のエレベーター」の
連載を大幅に加筆・修正した文庫オリジナルです。

幻冬舎文庫

●好評既刊
悪夢のエレベーター
木下半太

後頭部の痛みで目を覚ますと、緊急停止したエレベーターの中。浮気相手のマンションで、犯罪歴のあるヤツらと密室状態なんて、まさに悪夢。笑いと恐怖に満ちたコメディサスペンス！

●好評既刊
悪夢の観覧車
木下半太

手品が趣味のチンピラ・大二郎が、GWの大観覧車をジャックした。目的は、美人医師・ニーナの身代金。死角ゼロの観覧車上で、この誘拐は成功するのか!? 謎が謎を呼ぶ、傑作サスペンス。

●好評既刊
悪夢のドライブ
木下半太

運び屋のバイトをする売れない芸人が、ピンクのキャデラックを運搬中に謎の人物から追われ、命を狙われる理由とは？ 怒濤のどんでん返し。驚愕の結末。一気読み必至の傑作サスペンス。

●最新刊
Lady, GO
桂 望実

南玲奈は、恋も仕事も絶不調の派遣社員。そんな彼女がキャバクラ嬢に！ 地味で暗くて自分嫌いの女の子が場違いな職場で奮闘する姿を描いた、衝突あり友情あり感動ありの傑作成長小説。

●最新刊
中田英寿　誇り
小松成美

二〇〇六年、ドイツW杯終了後に突然引退した中田英寿。どんな日本人も直面しなかった壮絶な体験と、自分への妥協を許せなかった孤高のプレイヤーの本心を克明に綴った人物ノンフィクション。

奈落《ならく》のエレベーター

木下《きのした》半太《はんた》

平成21年8月30日　初版発行

発行人――石原正康
編集人――菊地朱雅子
発行所――株式会社幻冬舎
〒151-0051東京都渋谷区千駄ヶ谷4-9-7
電話　03(5411)6222(営業)
　　　03(5411)6211(編集)
振替00120-8-767643
印刷・製本―株式会社　光邦
装丁者――高橋雅之

幻冬舎文庫

ISBN978-4-344-41357-3　C0193　き-21-4